明清之際文史研究叢刊

顧苓詩集箋證

〔明〕顧苓 著

胡正寧 箋證

上海古籍出版社

南京大學人文基金項目資助

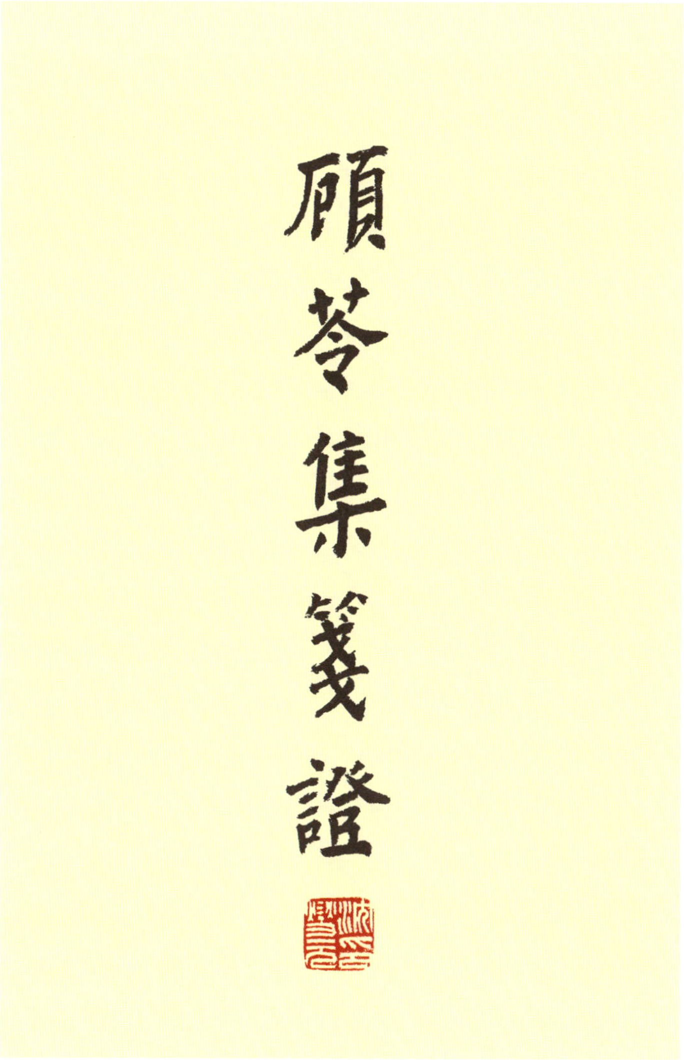

沈燮元先生爲本書原名所寫题签

蘇文《吴中先賢譜》顧苓像

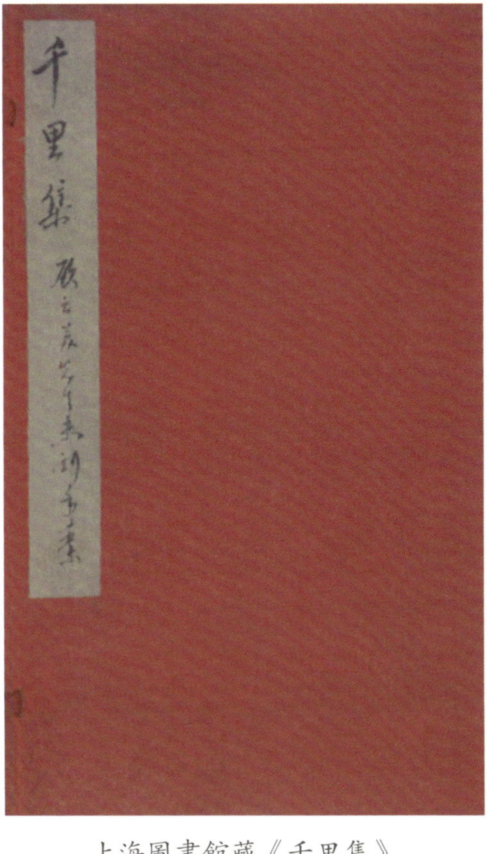

上海圖書館藏《千里集》

上海圖書館藏《卜居集》

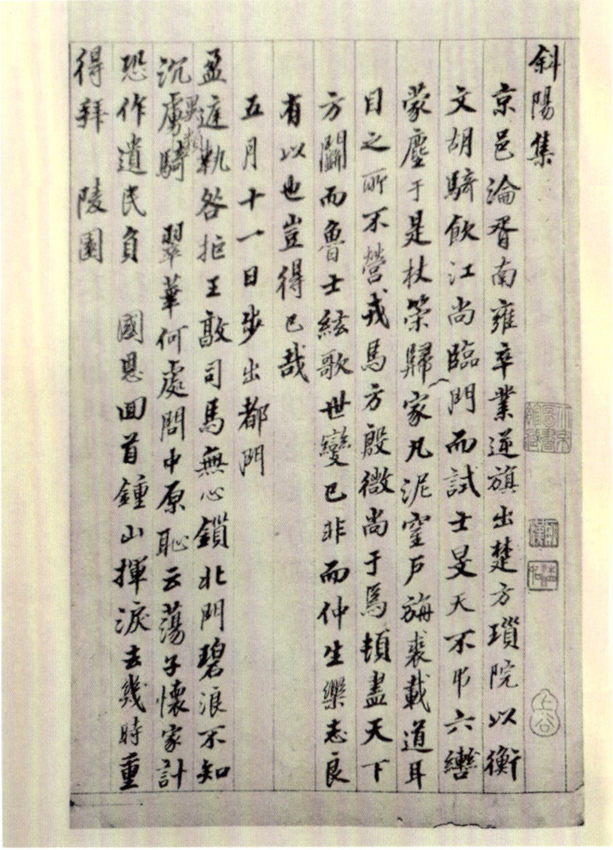
斜陽集

京邑淪胥南雍卒業逆旗出楚方瑣院以衡
文胡騎飲江尚臨門而試士旻天不弔六鑾
蒙塵于是杖策歸家凡泥窒戶旃裘戴道耳
目之所不營戎馬方殷徵尚于馬頓盡天下
方鬮而魯士絃歌世變已非而仲生樂志良
有以也豈得已哉

五月十一日步出都門

孟庭軌咎拒王敦司馬無心鎖北門碧浪不知
沉虜騎　翠華何處問中原恥云蕩子懷家計
恐作遺民負　國恩回首鍾山揮淚去幾時重
得拜　陵園

中國國家圖書館藏《斜陽集》

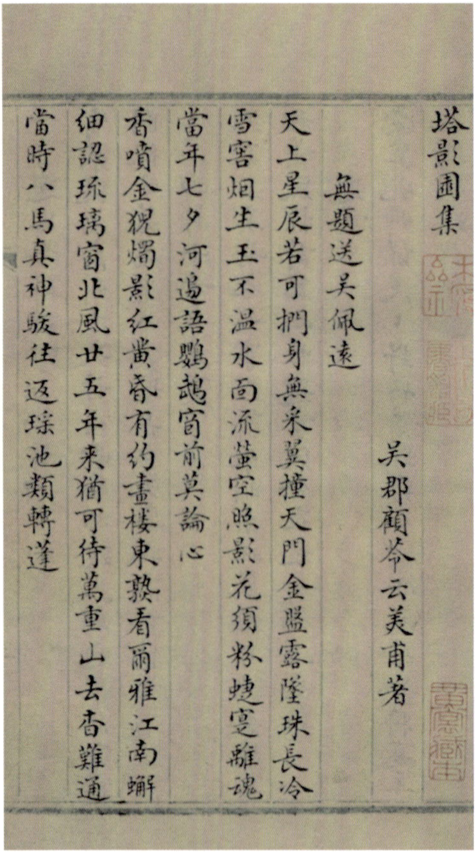
塔影園集
吴郡顧苓云美甫著
無題送吴佩遠
天上星辰若可捫身無彩翼撞天門金盤露墜珠長泠
雪窖烔生玉不温水面流螢空照影花須粉蝶寔離魂
當年七夕河邊語鸚鵡窗前莫論心
香噴金猊燭影紅黄昏有约畫楼東嬾看爾雅江南蝌
細認琉璃窗北風廿五年来猶可待萬重山去杳難通
當時八馬真神駿往返瑤池類轉蓬

上海图书馆藏《塔影园集》

前　言

清初吴中遺民顧苓（一六〇九—一六八〇以後），字云美，在篆刻、書法及碑版研究的貢獻，早有定評。惟所撰詩文，論者皆止於「工詩文」云云，鮮有能舉其所作而詳言之者，蓋由文本流傳不廣之故也。

考云美於致仕之年，自南都歸里，避地虎丘西塔影園，並時詩僧蒼雪讀徹（一五八八—一六五六）有紀事詩云：

昔賢築室虎溪濱，似舅甥堪再卜鄰。始信園林無定主，由來風雨屬閒人。鈴聲入夜勞長舌，塔影窺池露半身。幾許品題愁寫照，西山一抹效眉顰。（《南來堂詩集補編》卷三上）

收篇「幾許品題愁寫照，西山一抹效眉顰」，於云美善詩事，明言之矣。

後此二十餘載，值云美週甲之慶，桐城方文（一六一二—一六六九）賀壽詩之第一首：

年少相逢古劍池，亭亭玉樹吐華滋。那堪甲子須臾過，偏在乾坤板蕩時。老入舊京歌黍稷，冷棲荒刹近茅茨。莫言後輩無知己，争誦先生六十詩。（《嵞山續集》卷四《爲顧云美

六十壽》二首）

落句「莫言後輩無知己，争誦先生六十詩」，尤堪玩味！

今尚見傳世云美詩集，據柯愈春《清人詩文集總目提要》：

《塔影園集》向無刻本，故流傳諸本頗多不同。上海圖書館藏清鈔本三册，不分卷；日本静嘉堂文庫藏寫本四册，皆不分卷；國家圖書館藏清鈔本，含文集三卷，詩集一卷；羅振玉《殷禮在斯堂叢書》本所收文集四卷，詩集一卷，又似與光緒《蘇州府志》著録作六卷者不符。此，國家圖書館藏《斜陽集》一卷；上海圖書館藏《千里集》、《卜居集》各一卷，皆稿本。

上舉藏本，上海圖書館藏稿本《卜居集》一卷，中華書局上海編輯所（今上海古籍出版社）一九五八年曾影印行世，稱《顧云美自書詩稾卜居集》。此次整理，即以上海圖書館藏《塔影園集》鈔本詩歌部分、上海圖書館藏《千里集》稿本、國家圖書館藏《斜陽集》稿本、中華書局上海編輯所一九五八年影印之《卜居集》爲底本（《卜居集》順序則未按影印本順序，而加以重調，具體情形見《卜居集》卷首箋語），並參羅振玉《殷禮在斯堂叢書》所補，成一顧苓詩合本。

於詩中所及之人、事、地，作一箋證，考述其人之交遊網絡，進而揭櫫其平生懷抱及遺民意識。意在斯乎？意在斯也！然草創惟艱，訛誤不免。倘蒙海内外專家通人匡其不逮，則幸甚焉。是爲序。

辛丑六月　胡正寧

目録

斜陽集

塔影園詩集……一五六

附録一：顧苓集外詩……一八五

附録二：顧苓傳記資料輯録……一八七

附録三：師友投贈集……二〇一

千里集

序

墮地而志四方，伏櫪每思千里。痛以苫居早歲，廢誦經年；聊復浪跡湖山，寄情酬唱。于是單車北道，聞警遷延；鼓篋南都，卒業未幾。傷哉國事，從此杜門，恤矣時艱，不堪回首。弘光元年五月。

【箋】

本集收各體詩若干首。其作年可考者，按時間順序者有下列諸題：

《送啟美先生北上時相國初逝值有虜警》，崇禎十年（一六三七）。

《送錢牧齋先生赴逮》，崇禎十年（一六三七）。

《挽譚有夏先生》，崇禎十年（一六三七）。

《食瓜感懷》，崇禎十年（一六三七）。

《賦得赤松黄石爲張異度先生壽》，崇禎十年（一六三七）。
《文相國先生權厝石湖哭之》，崇禎十二年（一六三九）。
《送蕭伯玉先生還山》，清順治乙酉（一六四五）。
弘光元年即一六四五年，是年五月，南京城破。崇禎十七年（一六四四），福王朱由崧於南京建立南明政權，改明年爲弘光元年。《斜陽集》中《五月十一日步出都門》詩下有詳解。

寒食展墓

那堪初見草青青，況復離群看鶺鴒。量土淺深防雨急，循溝曲直向泉經。勞心獨自挑燈看，拭淚無端倚樹聽。慚媿來年徒廢誦，五更誰起數殘星。

脩禊年年上此山，今來惟聽水潺潺。雲中谷響從何出，雨裏煙霏去不關。柳眼半舒含有淚，枝頭初長約無鬟。遊人幾度溪邊過，余獨徬徨夜未還。

【箋】

桓譚《新論》卷十三《辨惑篇》：「太原郡民以隆冬不火食五日，雖有疾病緩急猶不敢觸犯，爲介子推故也。」郝懿行《證俗文》第五《時令・寒食》：「（寒食）起於漢魏。魏武帝令曰：『聞太原、上黨、西河、鴈門，冬至後百五日，皆絶火寒食，云爲介子推。且北方沍寒之地，老少羸弱，將有不堪之患。令到，人不得寒食。若犯者，家長半歲刑，主吏百日刑，令長奪一月俸。』『後魏高祖太和二十年二月癸丑，詔介山之邑，聽爲寒食，自余禁斷。』」

袁卧生畫照懷亭白雲圖爲别詩以答之

貪説遊蹤廣見聞，不辭風雨復離群。藤花繞樹春將晚，石蘚流泉夜未分。木馬暫隨湖上柳，練冠時切嶺頭雲。依人自是非長計，我既違心莫問君。

【箋】

嚴志雄輯編、謝正光箋釋《落木菴詩集輯箋》收有徐波《題法螺菴袁卧生畫梅影》、《袁卧生所畫雲山》、《法螺菴主出素箋託題梅詩俾卧生補圖》三題。箋引周亮工（一六一二—一六七二）《印人傳》卷三《書袁卧生印章前》云：「袁卧生雪，吴門人。梅村先生題其譜曰：『……卧生好學深思，精工篆刻，而尤於元朱文究心。吾以爲三橋後，當爲獨步。』予喜先生論印之確，故備録其語，不獨爲卧生也。卧生爲文氏兩葉之甥，故能精文氏之學如是。」

照懷亭爲顧苓塔影園中一景。顧氏《塔影園集》卷二有《照懷亭記》云：

嘉靖、隆慶間，先太僕府君自塞外謫仕歸，作亭齊女門内東白草堂之北，取「梧桐月向懷中照」之語，顔之曰「照懷」。不十年爲萬曆乙亥，府君捐館舍，草堂遂屬他姓，越六十年崇禎乙亥，府君之玄孫苓葺小亭錦帆涇上，乞相國文文肅公書故額焉。梧桐數株，鶴一隻，青鸞一隻，日讀書其中。吴江周安期先生有留題云：「庭樹回清晝，瓶花貯晚春。渾忘爲近市，追想及先民。器亦惟求舊，言能務去陳。子真吾畏友，勿泥外家親。」於是十年，崇禎甲申，北都陷，明年乙酉南都繼陷，苓棄宅出耕於野，越五年己丑，卜築虎丘之麓，故文氏塔影園。園西偏有小亭，差廣於錦帆涇上，高梧如沐，竹樹參差，旁對雲山，流泉環繞，遂設故榜於中，刻文彦可先生書蘇欒城贈文湖州孫「文章猶細事，風節記高堅」之句於兩旁，而爲之記曰：

嗚呼！歲月幾何，而亭於是乎再遷矣。昔晉東渡，僑立州縣，以居北人之南附者，視漢之經營新豐，雞犬皆識其故處，雖未可同日語，而世變流離，民懷其舊，與夫招集亡散，安宅飛鴻，是亦何可已也。在昔中葉，守在四夷，府君奉詔，躬耕疊翠山中，八達嶺下，戍月屯雲，彌漫沙磧，士大夫家亦得於城市之中，有園亭之樂。兹乃奚官胡騎蹂躪及于江表，歧豐鎬雒，靡不淪胥，凡在臣庶子孫，家于何有？夫亦惟是，棟折榱崩，覆壓是懼，所以巖棲谷飲，聊借一枝；覆雨翻雲，反側是媿。所以盟山誓水，無忘厥初。家室屢遷，亭顔無改，則亦猶之僑縣之義也。登斯亭也，擥煙雲之瞬息，識世變之靡常，泝流光之空明，喻予懷之渺渺。縱盼庭柯，萋萋莑莑，如聆梧垣之風節；仰止題楣，星垂劍折，儼瞻綸閣之文章。家學師承，於是乎在。苟舍其舊而新是圖，曾新豐雞犬之不若，則苓豈敢？是年三月十一日記。

按，「文章猶細事，風節記高堅」爲蘇轍贈文同之孫句，文彦可名從簡，與文震孟同輩，今寫此贈顧苓，輩分妙合。

禾水尋黄平立不遇平立時遊武林

無數朝煙與暮霞，相期筆墨在君家。苔生天馬橋邊路，詩發蘇公隄上花。

去年春晚德山堂，花下摩挲古帖香。此夜停橈誰共語，移舟前就山竹旁。

【箋】

沈季友《檇李詩繫》卷二十二：「黄鼎，字平立，一字象三，秀水人。崇禎間文學。有《咏遇》諸稿，其詩才思雋永，情致幽異。然刻意好新，遂成僻見，以背理處爲沈奇，故余特取其詞意可通者存之，《金陵篇》雖不佳，猶是傑作。」

富春道中

孩兒花滿女牆隈，桑下提筐火伴催。枝上鶯聲啼不了，行人路遠馬虺隤。

【箋】

顧祖禹《讀史方輿紀要》卷九十：「浙江杭州府富陽縣，本漢富春縣，屬會稽郡。……晉咸安初，以鄭太后諱春，改曰富陽。」

金華道中夜泊

斷山前後際，煙籠入微茫。星近沙知濶，山高水聽長。

【箋】

顧祖禹《讀史方輿紀要》卷九十三：「浙江金華府，金華縣。」

送友人秋試春官 時以虜警改期。

春風已入烽煙盡，及此求賢虜退初。元老承恩回戰馬，少年懷璧上公車。桂花香染天人策，秋月光臙痛哭書。出處所關當世事，吾儕原不愛虛譽。

貽張培君建蘭

空谷亦生蘭，空谷亦生枳。不將枳贈人，所以貴君子。
贈子比勁葉，寒暑青相接。贈子比幽芳，出爲王者香。
數叢共一本，數花共一莖。早晚向背殊，同臭同根生。

過釣臺泊舟謝臯羽墓前

莫笑先生釣名者，至今日日招登臨。千秋衹重天子客，幾曾識得高人心。夜月虎尋人跡去，曉風鷺下魚光沉。對岸泉臺謝諮事，分得清流百丈深。

【箋】

《後漢書》卷八十三《嚴光傳》：「耕於富春山，後人名其釣處爲嚴陵瀨焉。」同卷注引《輿地志》：「七里瀨在東陽江下，與嚴陵瀨相接。有嚴山，在東陽縣南，有嚴子陵釣魚處。今山邊有事石，上平，可坐十人，臨水，名爲嚴陵釣壇也。」

謝翺（一二四九——一二九五），字臯羽，晚號晞髮子。福州長溪人。十九應進士試，不第。景炎元年（一二七六）七月，文天祥起兵，臯羽率鄉兵數百人投效，署諮議參軍。及文天祥被俘遇難，臯羽拒不仕蒙元。漫遊兩浙，至元二十七年（一二九〇），謝翱登嚴陵釣臺，設文天祥牌位丁荒亭隅，以竹如意擊石，歌招魂之詞曰：「魂朝往兮何極，暮来歸兮關水黑，化为朱鳥兮有咮焉食。」歌罷竹石俱碎。有《晞髪集》傳世。其事詳《全元文》卷一五六八小傳。

早　行

晨星落曙色，微照到長隄。寒氣聽鴉口，風塵視馬蹄。城闉自高下，車轍或東西。昨夜同行侶，相逢在隔谿。

清流關

山到清流關最奇，東南王氣始于斯。峰頭苔蘚呑樵路，澗上霜柯奪茘枝。太守文章終不老，翰林筆墨永相隨。莫嫌此日行來晚，豐樂亭前好搨碑。

【箋】

歐陽修《豐樂亭記》詳寫清流關、豐樂亭，在滁州。則云美有滁州之行。「太守文章終不老」、「豐樂亭前好搨碑」云云皆及歐記。

贈南大司馬呂豫石先生

鍾雨堂開延攬奇，草茅一士久回遲。歸從三代流風地，來賦千秋定鼎詩。西北倘能兼耒耜，東南亦足備驅馳。留都雲物江峰外，别有神光護六師。

【箋】

呂豫石，名維祺（一五八六—一六四一），字介孺，又號明德，齋名慎獨堂。河南新安人。萬曆四十一年（一六一三）進士。崇禎朝官南京户部右侍郎兼都察院右僉都御史，總督糧儲。升兵部尚書（故詩題以大司馬稱之）。兵潰奪職，歸。流賊陷洛陽，被執，不屈，死。謚忠節，追贈太傅。有《明德先生集》二十六卷，收入《四庫存目叢書》。事詳見《明史》卷二六四本傳。黄宗羲《明儒學案》卷五十四亦有其傳。

贈汪未央

平生好古迂且顛，每事欲見前千年。窮搜博討及遊覽，秦璽漢印如雲煙。近代名家各出手，汪生父子同不朽。老汪昨歲先朝露，小汪乃復事科斗。余得交君父子間，牀頭數紐同尊卣。若令亦做秦漢人，姓名那得爲余有。媿余操刀懼將割，嘆息徬徨視吾手。

【箋】

《山東通志》卷三十四：「汪大年，字未央，臨清州人。有《茗柯堂集》。」顧云美工印章，「媿余操刀懼將割」云云及此；而「近代名家各出手，汪氏父子同不朽」云云，則汪氏父子亦此中名手。

曉　行

雞鳴自村落，尋復聽鳥飛。飛鳴動晨色，微霞發光輝。舟子趁曉行，霜重覺衣輕。擁被不知冷，但聞波浪聲。所以行路難，同舟心不平。城頭初息鼓，舟子便推篷。昨夜思揚帆，夢裏呼好風。誰知解維去，步步見霜踪。鄰舟話前路，小港東西通。束手但言冷，行人心不同。

晚　泊

宿鳥揀枝栖，嗚嗚復飛飛。村樹各有主，暮光漸漸微。繞樹尋同行，同行亦已稀。不如游魚好，食水恒自肥。

應試三首

聞援兵破流寇即解江浦圍志喜

監門不復畫流民，驅入潢池歷幾春。論事只如西岸鬼，賦詩誰念北山臣。營前躍馬才中夜，城上啼烏樂早春。祇是聖人無内懼，有征咸自脱黄巾。

過五人墓賦得梁伯鸞葬要離冢旁用噫字

英傑從來不遇時，奇蹤應自有人知。頑民總是忠臣血，高隱原懷烈士思。論定頗能留剩土，賦成猶得聽歌噫。憑君莫話要離事，試看山塘路上碑。

咏廉石

鬱林太守歸無貲，衝風破浪舟難支。灘頭有石何累累，從前太守總不知。忽然驅作歸裝穩，空舟抵岸中棄之。道旁推落誰嘆息，神鬼中宵密護持。敬皇丙辰出沙土，被以嘉名示繡斧。從兹御史坐堂皇，洞見崚嶒日方午。手版群吏出入時，有物目前當諫鼓。屈指孫吳迄聖朝，六朝金碧今芻蕘。此物終蒙太守姓，堪笑秦璽周鼎爲人争奪歸煙消。

【箋】

徐崧《百城煙水》卷一：「五人之墓，为颜佩韋、馬傑、楊念如、沈揚、周文元。天啟六年四月，魏璫忠賢矯詔逮周公順昌，緹騎暴横。吴民佩韋等憤憾不平，萬衆擁入，乘開讀詔書，奮臂狂呼，斃一緹卒，餘卒升屋走，或匿斗拱間。而緹騎逮黄公尊素者，道胥江，榜笞驛官，衆怒，復焚其舟。當事捕佩韋等五人，斬之。吴人爲旅葬虎丘山塘，大書墓碑曰：五人之墓，太倉張庶常溥撰文。」

要離冢乃周要離冢，梁伯鸞墓在旁，俱見錢泳《履園叢話》卷十九：「余少時在閶門内十廟前，沿城脚下見水潭邊有石碣，上刻『古要離冢』四字，横卧荒草中。據《後漢書》注，梁伯鸞墓在要離冢北，却無碑碣可考。道光七年，福州梁茝林方伯爲訪古蹟，僅于潭水中得一碣，即是刻也。後有『成化十年渤海高出題』字樣，而伯鸞墓終無踪蹟。」

按，「梁伯鸞葬要離冢旁」數字出《後漢書·梁鴻傳》，傳云「要離烈士，而伯鸞清高，可令相近」，一烈士，一隱士，故有「高隱原懷烈士思」云云，則云美自況。

錢穀《吴都文粹續集》卷八：「廉石者，即鬱林石。孫吴時，鬱林太守陸績罷政歸，官廉少行裝，而船輕不能渡海，則取石爲重，後棄石於婁門之野，世愛其廉，稱鬱林石。鬱林石湮於民家。弘治中，御史樊祉昇至察院門左，創亭蓋而立之，名廉石，狀元吴寬作《廉石記》。」

送羽民秋試

筆墨相從十四年，酸甜往往共流連。近來文事多高下，此去行蹤亦后先。我欠君山幾輛屐，子賒鍾岫數旬煙。平生哆口功名薄，今夜心期獨不然。

送啟美先生北上時相國初逝值有虜警

退虜何妨但賦詩，況于胸有甲兵奇。中秋月照江舩滿，重九花簪燕市欹。兄弟行藏偏異日，期功絲竹或同時。采山堂下青苔徧，分付流鶯好護持。

【箋】

文震亨（一五八五—一六四五），自啟美，號木雞生，長洲（今蘇州）人。啟美生於簪纓世族，曾祖徵明（一四七〇—一五五九），官至翰林院侍詔，以書畫詩文名於世。祖父彭（一四九八—一五七三）、叔祖嘉（一五〇一—一五八三），與其父元發（一五二九—一六〇五），均書畫名家。啟美兄震孟（一五七四—一六三六）舉天啟二年（一六二二）進士，殿試第一，官至禮部尚書，東閣大學士。文震孟死於崇禎十年，題云「時相國初逝」，詩當作於其時。詩中「兄弟行藏偏異日」，亦指此。

啟美三十七歲卒業於南京國子監，與云美後先相同。崇禎十年（一六三七）授隴州（今陝西鳳翔）通判，時已五十三歲。云美此題詩即作於啟美北上赴任時。後因擅書故，得改授中書舍人。崇禎十三年（一六四〇）因事與黃道周（一五八五—一六四六）同入獄。南明弘光元年（一六四五），清兵陷南京，啟美避地陽澄湖，聞薙髮令下，投河自盡，爲家人救起，終絕食而死。得年六十一。

《塔影園集》卷一有《武英殿中書舍人致仕文公行狀》：

弘光元年五月，南都既陷，六月，略地至蘇州，武英殿中書舍人致仕文公辟地陽澄湖濱，嘔血數日，卒。幼子果既長，謀葬公于東郊之新阡，屬公之彌甥顧苓具狀，以請銘于當世大人先生。公諱震亨，字啟美。七世祖定聰，于武昌侍高皇帝爲散騎舍人，贅浙江，生惠，惠自浙江來占籍長洲，生成化乙酉舉人淶水教諭洪，洪生成化壬辰進士温州知府林，林生翰林院待詔徵明，世所稱衡山先生者也。徵明生國子監博士彭，彭生衛輝府同知元發，元發生禮部尚書、東閣大學士文肅公震孟及公。

公生于萬曆乙酉，少而穎異，生長名門，翰墨風流，奔走天下。辛酉，以諸生卒業南雍，流寓白下。明年，文肅公廷對第一，遂慨然稱王無功語云：「人間名教，有兄尸之矣。」大啟甲子試秋闈不利，即弃科舉，清言作達，選聲伎，調絲竹，日遊佳山水間。尋值逆閹擅政，捕天下賢士大夫殺之獄。文肅公旦夕慮不免，公乃歸故園，侍文肅公。烈皇帝登極，召文肅公還朝，或勸公仕，不應。丙子，文肅公薨。踰年，脂車而北，就選人，得隴州半刺。先是，以琴書名達禁中，蒙上特改中書舍人，協理校正書籍事務，交遊贈處，傾動一時。歷三年，值漳浦黄道周以詞臣建言觸上怒，窮治朋黨，詞連及公，下刑部獄，久之復職。壬午奉命勞軍薊州，給假歸里，將以甲申還朝，而有三月十九日之變。事出非常，人情旁午，郡中士大夫皆就公問掌故，謀進止焉。皇帝即位南京，原官召公，以覃恩贈公生母史氏爲孺人，時柄國者爲公詩酒舊游，不堪負荷，公亦不爲之下，漸不能容，上疏引疾，奉旨致仕。

顧苓於文中自稱啟美彌甥。彌甥，即外甥之子。據顧苓《塔影園集》卷一《先處士府君行狀》，知苓之母陸氏爲文震亨之父文元發之外孫女，故顧苓爲震亨外甥女之子，亦彌甥，震亨爲其表舅祖。

文文肅「廷對第一」，而啟美「棄科舉」，及文肅公薨，啟美「脂車而北，就選人」，故謂「兄弟行藏偏異日」。啟美善彈琴、治園，所居香草垞，水木清華，房櫳窈窕，又於西郊構碧浪園，南都置水嬉堂。采山堂不知在香草垞中否。

送錢牧齋先生赴逮

徵書並下昔三公，先後歸來跡頗同。十載遺薰幾紹聖，獨存碩果累元豐。風波翻覆千秋事，消長尋嘗吾道中。不但生還當世祝，直將治亂卜窮通。先生與文相國、姚學士同起田間。

【箋】

錢謙益（一五八二—一六六四），錢仲聯主編《清詩紀事·順治朝卷》載：「錢謙益，字受之，一字牧齋，晚號蒙叟，自稱絳雲老人、東澗遺老，江南常熟人。明萬曆三十八年庚戌進士，由翰林院編修歷官禮部右侍郎、翰林院侍讀學士。福王時爲禮部尚書。入清，以禮部右侍郎管秘書院事，充修明史副總裁。有《初學集》一百十卷、《有學集》五十卷、《投筆集》二卷、《苦海集》一卷及外集、補遺等。」

錢牧齋赴逮，在崇禎十年，見金鶴沖《錢牧齋先生年譜》「丁丑五十八歲（一六三七）」條：「二月，先生與瞿公赴逮。閏（四）月二十五日，下刑部獄嚴訊。」同書「戊寅五十九歲」條：「五月二十四日，出獄。秋，得俞旨，着贖徒三年去。」（收入錢仲聯標校《錢牧齋全集》第八册）。參見謝正光《錢牧齋弟子何雲生平考略》。

此次被逮之原因，顧苓《東澗遺老錢公別傳》云：「體仁慮公之復出也，與常熟奸民張漢儒比，漢儒以它事訐公及瞿文忠公于朝，連繫刑部獄。」所謂「它事」，爲貪佔横行鄉里事，雖非全然無因，但大體爲誣告。此次獄解，以牧齋重金賂曹化淳，體仁欲坐曹，曹氏反擊，以結黨攻温，體仁敗，牧齋得解。

蒼雪《南來堂詩集》卷三下有《過訪錢虞山北歸二首》，當作於牧齋南返之時：

驚心往事過風雷，夢説前身是辨才。白社幾人懸聞訊，青山無恙獨歸來。三生相見猶存石，多劫因緣莫辨灰。豈是謝公招不得，蓮花空有漏聲催。

廿載藤溪路不忘，重過溪上認茅堂。東山高卧人依舊，南國同聲喜欲狂。天寶衰時空嘆息，少陵老句獨悲傷。多情只有銜泥燕，猶自尋常繞畫梁。

「徵書並下昔三公」及詩注謂「同起田間」云云，顧苓《東澗遺老錢公别傳》：「烈皇帝即位，公與文文肅公、姚文毅公同日賜環。」即崇禎元年，優詔召回，至十年被逮，故有「十載遺薰幾紹聖」語，又姚希孟、文震孟於崇禎九年先後卒，牧齋僅存，今又被逮，故有『獨存碩果累元豐』語，語調蒼涼，頗有一時代終結之意，不意此方是開始。

載鶴詩　春夏客淮，秋初返棹，玄鶴一隻，攜以自隨，固以名詩。

韓信釣臺

藏弓烹狗總無成，却念持竿往日情。只爲重瞳投網至，淮魚千載亦垂名。

題畫石

面目巉巉不耐看，將無心事不多寬。止因孤冷難相附，冬雪春風一樣寒。

挽譚有夏先生

那堪腸斷後，爲世哭英雄。地下徵材盡，人間交道窮。詩亡寃不響，禪悟寂方通。遊覽平生志，江行千里風。

挽譚比竹　友夏姪也。

兩世居名下，三喪作客歸。前一年服膺客死。故人書未報，浪子計知非。來路看江月，行舟帶落暉。寒河有新築，多半種湘妃。

桃源道中所見

日烘驢背風塵暖，暫解雕鞍著地眠。舞袖掩來渾不見，却從草裏認金蓮。

道中書所見

霽在西，雨在東，僕夫鞭馬行追風。誰料前驢渾踏水，後乘昂首嘶晴空。溜向東，風向西，趁風逆走初若迷，落帆艤岸水勢低。日出東，月落西，一漸高來一漸低，年年光曜嘗相齊。牛阻西，水阻東，行人跼蹐趨當中。路人口，天所從，莫道而今不釁鐘。

【箋】

譚元春（一五八六—一六三七），字友夏，號鵠灣，又號蓑翁。湖廣竟陵人，明天啟間鄉試第一，與同里鍾惺創「竟陵派」，有《嶽歸堂集》傳世。

《譚元春集》附録之李明睿《鍾譚合傳》：

譚元春字友夏，亦景陵人。少攻詩，能五言，選體盛唐皆弗好，以心穎靈光挺出其奇。與鍾伯敬惺善，惺不輕許可，獨推服元春。會蔡復一分憲楚中，惺爲言譚子，復一亟稱善，遂造寒河，譚宴終日。元春既傷風雅淪喪，與惺爲《詩歸》之選，冥心放懷，期在澹水。久困諸生。徐日久、葛寅亮皆貴其文，至被疏劾，幾落學籍。元春慨然謝巾衫，學使者周鉉敦趣復學，然數試不利。恩選入太學，又不偶。所著書，海內奉爲壇坫。

元春性喜游，日縱其筆於舟車，所至追尋佳山水，躡屩扶筇，窮極幽勝，著之篇咏。一時名流豪雋，爭嗜其文，相與把臂接塵，談論風生，其爭先快睹，如鳥之歸鳳。上匡廬，過彭蠡，訪予於章門者再，後北上不果來，題詩寄予，有「南舠北蹇成何事，不見章門又四年」之句。游金陵，與伯敬相遇於淮河。至姑蘇、苕霅，訪韓求仲。每旅邸，賓客往來，綾文刺日，走五父衢，筆札錯落，冠裳雜遝。久而歸，歸即復游。

性孝友，傷其先人早逝，母日老，雖善游，時歸定省。有詩寄弟曰：「憶母身上衣，加減是其時。」兄弟五人，皆嫻筆墨，互爲師友。母兄弟妹，食必同席，薄暮取酒，相對談學業世事，母喜出聽，自制餅餌蔬醴，佐譚子兄弟飲啖問辨以爲樂。

而譚子困頓久，性不柔耐，輕去易就，又憤世人勞役恥辱，博科名，至公卿，負心而稱善，以人之死而得安，嘗慨而不暇忍，則抑其心，勉就灰冷曰：「何必富貴爲？」然而感慨多矣，中懷橫集，屢起屢抑，始信據枯食稿而死，不悔之難也。生平最深知如鍾、蔡，又相繼淪沒。顛毛蕩然，車牙豁去。天啟丁卯，譚子年且逾四十，始爲余典試楚中，拔而置之榜首。有詩投予曰：「良友既盡，天惠我師。」讀其投予詩若書，未嘗不惘然自失也。隨丁母憂，憔悴草土中，一上春官不第，聞取莊生《南華》訂之，名《遇庄》，謂此書不可注而可遇。丁丑赴公車，抱病卒於長店，所攜篋中書散去。

予時寓京師，吴駿公來言：「友夏死矣。」予哭之慟，曰：「天喪予！」督學高世泰祀之學宫。其文有「揖古人於煙霜冰雪之中，開後學以靈樸蒼寒之緒」、「可謂風兼哀樂，豈徒體變齊梁」、「慰伯敬於地下，共歸白首」。

年與伯敬同，亦無子，以侄笈、籍嗣。

第四首題中之譚比竹，頗疑其名爲「笈」。上引李明睿《鍾譚合傳》文末有云：「(譚)年與鍾同，亦無子，以侄笈、籍嗣。」姑志於此，以待來者。服膺，友夏弟。

食瓜感懷

丁丑六月十二日，寓齋食瓜。偶簡唐詩，有「家園瓜熟，是故相蕭公所貽種，悽然感舊賦詩」者。因念文相國逝一年矣，爰立之時，貽書相勖，撫今追昔，泫然泣下。托之食瓜，以當一慟。

莫怪青門無隱士，而今山澤不藏身。平生已占千秋事，未了何年屬後人。
緑蒂黄花亦惹愁，衹緣懷抱不勝秋。相逢未敢言時事，多半唏吁憶故侯。
梅花静遠齋前雨，楊柳清瑶嶼裏風。煮茗臨池無别事，黄昏細語幾人同。
東坡垂老見王郎，未見王郎有所長。回首經年成往事，十年前事未堪傷。

【箋】

丁丑即崇禎十年（一六三七）。

「偶簡唐詩」云云，劉長卿有《家園瓜熟，是故蕭相公所貽瓜種，淒然感舊，因賦此詩》：「事去人亡跡自留，黄花緑蒂不勝愁。誰能更向青門外，秋草茫茫覓故侯。」

文相國指文震孟，字文起，吴縣人，待詔徵明曾孫也。祖國子博士彭，父衞輝同知元發，並有名行。《明史》卷二五一有傳。見本集《送啟美先生北上時相國初逝值有虜警》。

静遠齋、清瑶嶼，皆文震孟故宅藥圃中居室，清瑶嶼爲文肅公讀書處。

賦得赤松黄石爲張異度先生壽

群雄四起争秦鹿，圯上老人能辟穀。吞吐煙雲著異書，相期孺子雞鳴初。決勝千里定天下，功成獨自偷閑暇。乞身歸祀黄石公，從之游者伊赤松。三人總此一人是，前身後身遊戲耳。君不見四皓年皆八十餘，一朝固請登安車。莫言願謝人間事，徒稱上所不能致。先生時方謝徵書。

【箋】

朱彝尊《静志居詩話》卷十九：「張世偉，字異度。吴縣人。萬曆壬子舉順天鄉試，尋以賢良方正薦，不就。崇禎甲申，贈翰林待詔。有《自廣齋集》。」又云：「異度藉甚詩名，庸庸絶少高調。」

《初學集》卷三十三有《張異度文集序》：

甄胄之里，有友五人焉，曰文文起、姚孟長、周景文、張異度、朱德升，皆以文行著稱，卓然自拔于流俗者也。景文以忠死，不必以文著；德升固窮死，劇其文不著也；文起、孟長回翔館閣，爲文學侍從之臣，以文著者，固其職掌也。而其人皆以往矣。窮老未第，文與行巋然若魯靈光，則惟異度一人。……黨禍煩興，友朋凋喪，不爲謝翱之慟哭，而爲成器之祭忠，瞻爲殄瘁之痛，填胸薄喉，格格不能吐者多矣。故其文婉而約，憂而懼。斯其君子之心乎？文乎！文中子必有取焉爾矣。昔吴均作《破鏡賦》，顏之推以爲凶逆之獸，爲文宜避此名。而杜牧之稱元、白之詩纖艷不逞，淫言媟語，冬寒夏熱，入人肌骨，不可除去。蓋文章之關于風教若此。今吾異度之文，非仁人孝子之法言，則勞人志士之苦語，使讀之者修然而思，矍然而作，其關于風教也，微且遠矣。豈猶夫儷花鬬葉，以詞賦爲能事者哉？世衰道喪，禮儀熄滅，公卿大夫以名教爲短垣，而自踰之，冥行倒植而莫之止也。余故于異度之文，表而出之曰：此吾吴士之文，文中子所謂行之可見者也。表異度之文，以具訓于蒙士，且以媿世之公卿大夫。嗚呼！斯亦余之《罪言》也夫。

崇禎十四年正月六日，吴郡張異度卒於泌園之書舍，年七十有四。友人錢謙益題其銘旌曰：鄉貢士孝節張先生之柩。某年某月，葬於花園邨之新阡。仲子弈、冢孫邕泣而來告曰：「先人有墜言曰：『銘必以錢氏。錢知我者，可無庸以狀也。』」余曰：「喏。」爲序而銘焉。

同書卷五十四亦有《張異度墓誌銘》：

序曰：君諱世偉，字異度，南安府太守諱銓之曾孫，鄉貢士贈翰林院侍詔諱基之孫，太學生諱尚友之子也。君總角明慧，善屬文。太學君攜之游婁江，弇州、太原兩王公嘆息以爲國器。久之，其聲籍甚。江、廣、交、粵之士，有知張異度者不以名，有知異度者不以姓。此君之始年也。萬曆中，門户科場之議鋒起，君扼腕抵頰，多所題覈裁量。壬子舉順天，出新城王季木之門。黨人大譁，御史遂呈身排擊，卒不能有所連染。坐罰三科。累試不第，謝公車以老。此君之生平也。世居吴江之越來溪，君卜居吴門，得陳惟寅之淥水園，誅茅灌畦，卻掃誦讀，清談竟日，樵蘇不爨。爲古文辭，取裁韓、柳，每一削稿，伸紙點筆，不知老之將至。此君之晚節也。君七歲喪母，朝夕上食號慟，塾中書生皆爲流涕。其祖歿六十年，衣襮遺行，用陳公甫例，得贈官立祠。事其父如其祖，事其兄如其父。此君之內行也。吴中以名行相鑢礪者，文文起其執友也，姚孟長則其高弟，周忠介、朱德陞其後輩也。忠介遭奄禍，周旋經紀。奮臂出入，視緹騎惡子，市駔伍伯如也。鄉邦有大利病，搢紳相顧囁嚅，必自君發之。其殁也，家無餘貲。司理倪君往賻，乃得發喪。此君之大節也。君娶徐氏，男子二人，長弇、次弈，弇早世，邕其長子也。女子二人，嫁崑山顧咸建、長洲姚宗典。君嘗讀范史《黨錮傳》，至於蘊義生風，鼓動流俗，未嘗不廢書而歎也。君以一老孝廉屏跡丘園，十餘年來，吴之吏有所規，士有所倣，民有所賴，相與俯躬抑氣曰：「彼有人焉。文、姚既殁，風流益長，奚其爲政？」斯可以興矣。君七十時，余坐告訐下請室，君戒子弟徧謝賀客，罷酒不樂。語曰：桃李不言，下自成蹊。所謂忠實心誠，信於士大夫者，非偶然而已也。爲之銘曰：

惟孝與節，古有良謚。仲車二反，君則有四。高冠崔嵬，細行不墜。介居沉冥，市義若嗜。輕財涕唾，取無施易。安居美食，家無委積。少不踐石，老而晝字。耳非兩門，孰云我瞶？揭德振華，加彼康惠。我作銘時，流詠清泌。

按，《塔影園集》卷一《處士張綏子傳》謂異度次子名奕，牧齋《異度墓誌銘》謂名弈，其兄名弇，似以「弈」字是。

《塔影園集》卷二《處士張仲子傳》記張異度次子張弈事。異度二子二女，長子張弇早世，有子邕，從顧苓遊；次子弈，字仲子，棄功名，故稱處士；二女一嫁崑山顧咸建，一嫁長洲姚宗典。顧咸建知錢塘縣，清軍南下，杭州失守，咸建從容引去。清軍購之急，不得，捕其妻弟張仲子，不告所在，謂「肺腑至親，而不知所在，人情乎」，對曰「肺腑至親，而以所在告，亦非人情」。咸建出，解妻弟之厄，咸建死。人以此稱孝節先生（巽度）之風義，不獨及其子也。張弈有四子，長子娶楊廷樞女，廷樞坐吴勝兆反叛事死。咸建兄咸正，亦坐吴勝兆、陳子龍事死，咸正二子天逵大鴻、天遴仲熊從死；咸建弟咸受，城破時已先死，故顧氏兄弟父子五人死國事。惟張仲子得脱，後渌水園爲人奪去，又贖回，牧齋《有學集》卷五《冬夜假我堂文宴》諸詩所及假我堂，即在園中，知牧齋聯絡東南，其場地有由仲子所提供者。

是詩應作于崇禎十年（一六三七）以後。崇禎十年，巽度年七十，該年牧齋被逮下獄，巽度「戒子弟徧謝賀客，罷酒不樂」，顧苓以詩賀壽，亦未違其意。然「方謝徵書」事，各家皆未提及，故尚不能準確編年。

鹿城閒泛

月暗生公石，扁舟棹正虛。往來何所事，風雨自臨書。

【箋】

《讀史方輿紀要》卷九十四鹿城即永嘉城别名。

一笠菴限韻爲文端文先生

几案參差甚，琳琅插架齊。傳家惟研北，律己欲銘西。著屐峰頭句，飄桐石上題。如斯城市裏，何減碧山棲。

【箋】

文端文即文柟（一五九六——一六六七），字曲轅，號慨庵，又字端文。江南長洲人。邑庠生。文從簡子。從簡爲文震孟從弟，震孟譜名從鼎，故可知云美與端文之淵源。

徐波《天池落木庵存詩》有《文端文阻隔經年十二月廿八夜夢中兩遇有詩紀之》：「長宵頻夢見，不記有何言。足驗平生憶，微留會聚痕。寒鐘搖獨寢，曙鳥喚歸村。但覓相逢地，重尋布被温。」

徐波該詩收入嚴志雄輯編、謝正光箋釋《落木菴詩集輯箋·天池落木菴存詩》第二三五題。同題箋引《（同治）蘇州府志》卷八十七小傳云：「從簡子柟，字端文，尤狷介絶俗，從父隱居終身。女俶，嫁趙均，亦有才名。文氏自徵明以來，世善書畫。從簡父子能傳其法。行誼尤爲時所重云。」

《南來堂詩集》補編卷三下有《又次韻寒山鼓吹呈文端文》詩，則蒼雪贈文柟者。詩云：「生涯從此載琴裝，杳渺煙波入畫航。初以小舟浮芥子，泛來杯水置坳堂。課餘貝葉期無日，學坐蒲團限定香。貧乃士常風骨在，授經猶子不離傍。」

送趙卓午歸萊陽兼簡宋氏諸子

萊陽師友欣全宅，因得名流今過客。君雖與我同開源，雲泥不同何可言。請君歸語故人知，吾輩行藏好及時。從來出處自信難，伐檀坎坎投河干。

【箋】

趙士驥字卓午，號黄澤，明崇禎十年（一六三七）進士，官至内閣中書舍人。崇禎十六年（一六四三），清軍攻破萊陽城，士驥戰死。《明史》卷二六七有傳。

宋氏諸子，宋琬諸人。

送蕭伯玉先生還山

流水桃花裏，征途遽不前。婦能如是矣，友既只且焉。書畫停春晝，風波繫小船。鍾山將滯客，秋草共留連。

【箋】

《明詩綜》卷六十六：「（蕭）士瑋字伯玉，泰和人。中萬曆丙辰（一六一六）會試，天啟壬戌（一六二二）賜同進士出身。除行人，歷吏部郎中。有《春浮園集》。」

王培孫輯箋《南來堂詩集》卷四引《泰和縣志》：「蕭士瑋，字伯玉。河南郡丞一傑之子。萬曆丙辰進士，仕行人。崇禎初，册封秦藩。後辭疾歸里，闢春浮園。」

《南來堂詩集》卷四有《春浮圖十三詠爲蕭大行伯玉》：

柳溪

長牽水色匀，浪欲無風起。花老發萍香，情與無情語。

公安亭

公然坐亭中，亭空何所有。内外不異空，誰來問安否。

金粟堂

山谷叟開堂，金粟佛不滅。一片救世心，化作定果色。

芙蓉池

池光曉鏡磨，照水雙紅影。臨風不耐寒，心净看時省。

婢娟徑

露坐滴涓涓，風波凉洒洒。前有王子猷，後有孟東野。

杯山

螺翠点山空，杯置拗堂上。水深杯不膠，欲渡公無恙。

晴鶯弄

隔葉窺難見，多情弄不禁。一絲抛斷處，嫋嫋尚餘音。

宜月橋

橋色夜初分，湖氣秋正旺。霜鋪地不知，人與月相望。

宿雲墩

藤枯榻尚懸，秋塞被又抱。昨夜水雲僧，借宿偶然到。

愚山

小山安愚頑，人我争賢智。高出白雲頭，憨枕江流睡。

浮山

纖嵐空盪摩，練光入微細。以世望於山，一漚浮何啻。

秋聲閣

所向空諸有，無聲不夜秋。時登還獨坐，二客不能留。

蕭齋

高遠蕭齋人，如對蕭齋上。一往問何須，深情已相向。

牧齋爲伯玉契友，《有學集》卷三十一有《蕭伯玉墓誌銘》：「伯玉諱士瑋，姓蕭氏，江西泰和人。南齊西昌侯叔詠之後。入國朝，有爲潭州刺史者曰尚仁。尚仁之子用道，靖江王府長史。用道生暄，累官禮部尚書。三傳生一傑，爲河南府同知，廉平有聞。娶王氏，生三子，伯玉其長也。伯玉有雋才，爲文章奇肆奔放。萬曆壬子舉人，丙辰成進士。壬戌廷試，除行人司行人。崇禎元年，册封秦府，同官當使琉球，規避相排擠，伯玉争之力，左遷光禄寺典簿，出補府僚。壬申，改南大理評事。轉南禮部祠祭司主事。申明洪武欽録簿，以國法扶佛法，嚴禁僧徒之掠禪宗賣詩句者，而酒肉博塞次之。改吏部，自文選歷考功郎中，不以南曹冷官，少自假易。楚師拔營南下，留都騷動。伯玉抗言曰：『毋勾卒，毋登陴，毋徙民居。高皇帝陵京在是，開九門以延之，誰敢闌入？』大司馬倚以稍强。安皇帝南渡，遷光禄寺少卿，拜太常寺卿。移疾還里。陪京繼陷，自屏草野，嘻嘻咄咄，野哭祈死。辛卯四月十三日，卒于西陽之僧舍，年六十有七。……如吾伯玉者，魯直所謂能醫俗病者也。」

據此可知此題作于清順治乙酉（一六四五）。伯玉辛卯四月卒，在順治八年（一六五一）。此間六年，即《春浮圖十三詠》所寫之六年也。

訪舊吴令于婺州

讀禮三年痛，居官六載難。山高志吴季，谿冷賦梁鸞。蜀道重重峽，嚴江處處灘。相過維未晚，此歲已云寒。

客婺有感寄幼晉王孫

擁爐隔歲賦離憂，此際相思復遠游。許劍不須留樹上，空函易託寄書郵。赤松黄石仙人地，西雨南雲帝子樓。四海耆英零落盡，獨肩詩運憶宗侯。

壽王舜田

幼小從君乞一囊，爾時曾見滿頭霜。而今老壯渾非昔，三千年前舊藥王。

【箋】

王畎，字舜田，號南畝，單縣人。

王時敏《王奉常書畫題跋》卷上有《題王舜田小像乙未九年朔日》：「曩舜田先生與余投契最密。數來婁上，兒曹幼時，咸賴國手保護。且其通懷汪度，德矩徽範，足以善世淑人，廼今之叔度、太邱，非直歧伯、俞跗已也。自仙遊垂二十年，時時往來夢寐，每憶其掀髯抵掌之態，宛在目前。頃令嗣舜符，過婁出小影見視，展卷道貌儼然，恍若重接謦咳，不覺爲欷嘘感嘆。嗟乎！時代推遷，物情鍥薄，如先生之仁心古隣，導迎善氣者，畢世安得再覯，而徒低徊於尺幅粉墨之間，亦可悲已。特書之以志追慕。」據「歧伯、俞跗」云云，知王舜田爲名醫，所謂「三千年前舊藥王」，又「兒曹幼時，咸賴國手保護」。

文相國先生權厝石湖哭之 時烏程相公初死。

退身宰相榮哀極，齎志英雄悵望多。當日黄扉成水火，至今赤縣盡干戈。魂歸一曜看騎宿，氣絶三聲叫渡河。地下燕羊堪餉客，朝來應亦有人過。

【箋】

文相國即文震孟。震孟（一五七四——一六三六），徵明曾孫。震孟字文起，號湛持。生平見《明史・文震孟傳》。《南來堂詩集》卷三下《中峰大殿落成呈湛持文相國及諸檀護四首》注引《長洲縣志》，於其生平亦詳：

文震孟，侍詔徵明曾孫也。初名從鼎，字文起，號湛持，弱冠舉於鄉，十上禮部，至天啟二年成進士，廷對第一，授修撰。時太監魏忠賢擅權，禁講學，興黨議，謀盡斥正人。震孟上疏言：「勸政講學之實，必君臣相對，如家人父子，則左右近習，無緣可以蒙蔽。」又言：「空人國，逐名賢，不減唐宋清流僞學之禁。」忠賢覽之，怒摘疏中語爲譏訕，矯旨予杖，輔臣力救，免，得降調。未幾，以孫文豸《步天歌》事株累，削籍。《步天歌》者，哀熊廷弼詩也。震孟未第時，讀書竹塢中，至是歸，居吴趨之青瑶嶼，與里中周順昌及甥姚希孟，砥礪志節。既順昌被逮，震孟自度不免，預經理家事，俟緹騎至，即自裁。後竟未及于禍。崇禎改元，復原官，進中允諭德充日講兼纂修官。見《光宗實録》皆逆黨崔呈秀輩所修，是非乖舛，賢奸莫辨，條列所宜改正數條疏入。帝御平臺，召廷臣議，温體仁、王應熊輩力争，然邪説不勝，卒如震孟所奏。其在講筵講《君使臣以禮章》，反復規諷，帝即出尚書喬允升、侍郎胡世賞于獄。一日講《尚書・五子之歌》至「爲人上者，奈何不敬」，帝時以足加膝，聞其語，即以袖掩之，徐引下，其嚴憚如此。故事，經筵缺《春秋》，帝以闡治道，命擇人進講。震孟講至「宰咺歸賵，言咺位六卿之長，而壞法亂紀，自王朝始焉，用彼相，大臣側目」，天子頷之。八年七月，陞少詹事，旋進禮部侍郎兼東閣大學士，入閣辦事。先是吕純如爲魏忠賢黨，已定逆案，後交結吏部，欲借邊才起用，震孟糾之。與體仁不合，繼又論廷擊、紅丸、移宫三案不合，方謀中傷而未有隙，既同入直，因深柬倓之，每擬旨必商之震孟。震孟疏略不及防，後借許譽卿事傾之，遂落職。許譽卿者，故劾魏忠賢者也，官給事中，震孟欲用爲南太常。體仁嗾尚書謝陞誣譽卿通震孟姻親申紹芳營求美官，體仁擬削譽卿籍，震孟曰：「科道爲民極榮事也，公玉成之矣。」體仁露章揭此二語，帝怒，逐震孟歸。在内閣止二閲月。歸甫半載，值姚希孟卒，哭之慟，未十日亦卒，無恤典。又四年，詔復職，贈官後追謚文肅。

詩注「時烏程相公初死」，指温体仁（一五七三—一六三九），字長卿，浙江烏程人。崇禎間首輔。《明史》入《奸臣傳》。卒于崇禎十二年（一六三九），詩當作於是載。温、文水火不容，故有「當日黄扉成水火」句。

將游盱江留别文應符舅氏

繞屋藤蘿頗自安，偶然求友過嚴灘。祇銜故相憐才意，不念干人行路難。谿水欲停潮已漲，山雲將出夜猶寒。若言别後相思處，月照西江花未闌。

【箋】

文乘(一六〇九—一六四六),字應符,長洲(今蘇州)人。文震孟次子。震孟二子,長秉,字孫符;次乘,字應符。

顧苓《塔影園集》卷一《文公子傳》:

文公子名乘,字應符,禮部侍郎兼東閣大學士謚文肅公之仲子也。幼倜儻,能文章。年十六,補諸生。崇禎丙子,將試應天,而文肅公薨,既免喪,頗託跡聲伎,陰結客,故人問遺,隨手散盡。乙酉五月之變,出信國公畫像,懸中堂,朝夕起居,意若有所經營者。思文皇帝即位福建,改元隆武,遣吴江孫某,密召前總督漕運都御史路振飛于太湖中,主吴趨趙生家。趙生素善公子,出孫某所齎登極、親征二詔,出示公子。公子慨然曰:「吾有君矣!」趙生隨孫某入福京,公子具表,自陳世受國恩,將糾結草澤應援之師狀,上相國黄道周、陳洪謐書,趣王師西征。封以蠟丸,珍重投趙生。趙生許諾。既出門,毁棄之。及抵福京,以父官史部得官,踰年,以謾語報,公子信之,遂集故所結客,治兵太湖中。湖中義士亦共推公子。丙戌六月,部署將發。土國寶伺湖中事,刺得狀,急發卒捕,公子被獲,連所親數人。公子語國寶曰:「吾一人事,事不成,死耳。彼皆不得與聞。」國寶悉遣所親,而令公子招餘衆以贖死。公子罵曰:「吾有死,不爲若用。」先是,公子姊丈兵部主事嚴栻于乙酉六月起兵常熟,不克,棄去。國寶疑兩人共事，招主事書曰：「君來任公子則生之。」主事至，國寶與言所以任公子者，辭不與聞，公子亦堅請死，遂以是月二十六日被殺，年二十九。死之先一夕，賦詩云：「閥閲名家舊姓文，一身許國死誰聞。忠魂今夜歸何處，明月灘頭卧白雲。」死之日，過其甥顧苓家，與妻子訣，飲食如平時。懸首閶門，越一日猶視。國寶從城外來，望見，惡之，函送主事以斂。死之日，流星墜所陳尸寺中。論曰：翟義有言：爲宰相子，死國埋名，固其所也。不亦亮哉！

應符後過繼震亨，其生平見本集《送啟美先生北上時相國初逝值有虜警》。

應符於清兵下江南後隱居山中。有誣其與吴江吴易通者，逮至官。乘不辨，徐曰：「不敢辱我父，願就死。」并題詩曰：「三百年前舊姓文，一心報國許誰聞。忠魂今夜歸何處，明月灘頭吊白雲。」遂見害。妻周氏，周順昌之女，撫孤成立。（計六奇《明季南略》卷四，二一一條誤作文乘兄文秉事，柴德賡《史學叢考》考之最詳。）

下釣臺逢樵夫談虎

石徑樵夫自往還，松枝新舊帶雲閑。水清今已無人釣，虎共先生占一山。

山鳥有呼斮桑看虎者

纖纖素手出深閨，葉暗枝頭路欲迷。山鳥無情偏愛色，聲聲只爲採桑啼。

金谿道中遇雨

從兹禾黍漸能齊，千里長亭望已迷。馬跡淺因人跡亂，山頭近接樹頭低。沾泥帶水原無累，頂笠披簑在隔谿。行子正嗟行不得，鷓鴣苦苦向西啼。

寓槐陰亭望麻姑山瀑布

月下鷺看雙鷺飛，只疑青鳥换霜衣。潺湲一夜無停響，散盡秋雲濕翠微。

松皮屋

老作龍鱗不蔽身，猶將遺蜕庇他人。偶因化石留奇跡，遂當誅茅接比鄰。記就竹樓聽得好，詩成板屋念誰親。夜深月上臨谿坐，羌篴疑吹爨後薪。

題　畫

米家山色趙家花，雨氣雲情點筆斜。莫道合離無别意，故教春鳥弄煙霞。

初見方稚公詩于鳴鸞女史扇頭

君持障面春雲濕，我卜同心秋露垂。枉自逢人誦詩句，終難託夢説相思。

再從鳴鸞訊稚公

檀板初停有所思，那堪重説玉郎詩。吾今未見猶惆悵，況爾相從月下時。

得稚公書

船頭剛自向谿灣，望見行人説已還。推卻篷牕忙訊問，笻枝約在爛柯山。

得稚公畫

三衢道上秋將半，葉未全黄峰愈青。雖是行蹤留不住，已隨筆墨到山亭。

得稚公近蓺

一幅秋山幾首詩，開緘自足慰相思。彩雲未散香猶煖，君揣摩成人未知。

出稚公詩文示幼洪

短楫倉忙一語無，水山未暇説長途。屬君治籍君知否，莫讓他人畀彼姝。

【箋】

徐鼒《小腆紀傳》卷十四傳云：

吴适，字幼洪，號静齋，長洲（今蘇州）人。崇禎丁丑（一六三七）進士，以知縣行取。南都立，官户科給事中，疏言維新五事：「一曰信詔旨。……一曰核人才。……一曰儲邊才。……一曰伸國法。陷北諸臣已有定案，但恐此輩輦金圖翻。既以寬其不死者，昭皇仁之浩蕩，尤當以絶其覬用者，明臣子之大防。一曰明言責。……」疏入不省。

又疏言：「國恥未雪，陵寢成墟，豫東之收復無期，楚、蜀之摧殘頻甚。又況畿南各省，到處旱災，兼之臣鄰消長多虞，將帥玄黄構釁。伏惟陛下始終兢惕，兼做祖制，早、午、晚三朝，勤御經筵而親儒臣，尚茅茨而省工作，嚴爵賞而重名器。諸凡無藝之征，一槩報罷，被災之地，確覆酌緩，墨吏必懲，蠹胥必殛。根本之計，孰大於此！」……疏入，皆不聽。

有上書言開化德興雲霧山可開採助國者，太監李國輔具疏請往。适疏言……國輔亦疏請中撤，俱不許。馳視，如适言，報罷。

時忻城伯趙之龍薦陳爾翼，适抄參爾翼頌魏忠賢、薦崔呈秀，不可用。之龍再疏争之，适言：「祖制科臣專封駁之權，未聞勳爵參駁正之司。勳臣黨邪求勝，不幾背明旨而蔑祖訓乎？」……張孫振言适爲東林嫡派，復社渠魁，宜速正兩觀之誅。會南都亡，适乃遯去，不知所終。

又見李桓《國朝耆獻類徵》（初編）卷四六四。

幼洪爲云美妹婿，《塔影園集》卷一有《前文林郎兵科右給事吴君行狀》：

君諱适，字幼洪，長洲人。年二十四，中崇禎十年丁丑科進士。六月，授浙江衢州府推官。十七年三月，行取在途，北京陷賊，皇帝殉社稷。五月，福王即皇帝位于南京。七月入朝，八月授户科給事中。上之初即位也，南京兵部尚書史可法、兵部侍郎提督鳳陽都察院僉都御史馬士英、南京掌翰林院詹事府詹事姜曰廣俱入閣辦事，以南京都察院右僉都御史張慎言爲吏部尚書，召劉宗周都察院左僉都御史。士英既擅政，出可法督師江北，召先帝欽定逆案爲民阮大鋮爲添設兵部侍郎，督江防水師。慎言疏争，不聽，引疾去，曰廣、宗周各予告，人莫敢言。君到官才數日，獨奮上疏，言老成淪棄可惜，報聞，士論壯之。九月，以君兼辦吏科事，時啟事厖雜，君鈔參凡數十條，忻城伯趙之龍疏薦前吏科都給事中陳爾翻，爾翻名在逆案，以頌美獲罪，君既鈔駁，之龍復疏辯，遂露章彈之，又列上可法賢勞及前鋒總兵官興平伯高杰斬捕賊程繼孔功狀，人多側目視君矣。弘光元年正月，蔡奕琛入閣辦事，君推官衢州時會勘奕琛獄，守法不阿，奕琛得罪，銜之，以吏部侍郎召，至不往謝，至是或勸君去，不應。三月，遷兵科右給事中。會鎮武昌總兵官寧南侯左良玉舉兵反，傳檄清君側，士英、大鋮等遣總兵方國安禦之，良玉破九江安慶，國安顧掠南陵，攻銅陵，焚西關，靖南侯黃得功牒報兵科。時君以次遣冊封未領節，四月二十日得牒，遂中夜繕疏，請敕徵悍師，一疏論戰守，江北太僕寺卿萬元吉聞之，曰：「君休矣！須十五日出都門耳。」不聽，疏上，奕琛票擬，稱國安現在勦逆，吴适爲逆臣出脱，是何肺腸。復奏劾君。二十五日，奉旨革職，繫錦衣獄。掌河南道御史張孫振補牘攻君，將殺君，興大獄，未治而遇五月十一之變，上蒙塵，南京失守。君歸里門，稱南國廢人，念太孺人春秋高，早暮起居省視惟謹，心齋學佛，室無姬侍，手爲梵筴，課誦有恒。事靈巖儲和尚，己復旁核道流，汎覽玄籙，示不復用，被薦不出。

癸卯二月，太孺人壽登八十有二，無疾而逝，君年五十矣，哀毁骨立，支牀卒哭，至七月初一日午時卒于苫次。君自撰年譜，起萬曆甲寅，訖弘光乙酉五月，餘年專爲太孺人在，非其志也。君在諫職，知無不言，太監李國輔請開采雲霧山，許之，君列陳利弊，國輔心折，遽請停遣，不得，往勘，卒罷之。北商王敬敷請于江南立北師，募客兵，意叵測，兵部侍郎山東張鳳翔方奉勅總制直隸浙江軍務，主其事，君草疏約禮部尚書錢謙益、户部尚書張有譽等公言之，鳳翔大驚，事以不行。在衢州七年，洗手奉職，庭無冤獄，署所治爲思生堂也。己卯同考浙江，壬午同考江西，两同考浙江武舉。曾祖諱承科，贈文林郎，户科給事中，爲諸生時，大有名跡。祖諱之佳，中萬曆八年庚辰科進士，仕至刑科都給事中，論國本革職，光宗皇帝登極，贈太僕寺少卿，予祭一壇。太僕公起家進士，至都給事中，建言被廢；君亦起家進士，至右給事中，以建言下獄。太僕公登第後二十六年，弃賓客；君登第後亦僅二十七年。時太僕公没十餘年，而得贈卹，君没，其誰卹之？嗚呼！

母封太孺人徐氏，初聘于衛，未娶，卒。娶申氏，生一女，卒贈孺人。再娶顧氏，封孺人，生四子，三女：長瞻，娶左春坊左諭德殉難贈禮部左侍郎謚文忠馬世奇女；次説，娶王氏，其祖心一與公同時爲刑部尚書；次諶，聘于宋，殉難山東巡按監察御史贈太僕寺卿學朱女；次誦，禮科給事中，建言廷杖山東姜埰，遣戍寓吴，以女字之；于君没後女嫁申岳來、申胤琦、錢廷鋭、李綿初。君于苓爲妹壻，詳知君歷官行事，從諸甥請，掇其大者爲行狀，託立言之君子而圖其不朽焉。

《塔影園集》卷二有《公祭吴幼洪文》：「嗚呼惟靈，秀登葑水，慶衍延州。經天峻節，國紀詒謀。擲地金聲，家識清修。行行驄馬，宅相遺庥。森森珠樹，玉筍先抽。黌序脱穎，天闕遨遊。筮仕李郡，平反是求。望署思生，服念勿休。選士兩浙，剖石得珠。再分江右，虎穴生彪。先皇茂簡，雨雪鳴騶。不遑寧止，盜毁神州。天崩地坼，載賦同仇。靈師文忠，殉國取烈。勿貳若誠，在三矢節。哭泣禹位，丁壬自烈。南國再造，夕香孑孑。力任糾彈，不畏權孽。人皆隼菀，我枯用拙。元老是毗，史督輔中涓膽裂。李國輔勞來悍師，高興平挺身西伐。知無不言，聽者莫察。滃滃詘詘，蔡德清片言舊折。忘國之恤，蓄憾欲洩。江干驕將，猰不稟節。羽書入告，比火未絶。靈念殘黎，不堪焚劫。中夜繕疏，請申國法。彼相護淫，簸弄唇舌。垂旒黈纊，天怒震發。詔獄首開，奇禍莫遏。海内填膺，中朝指髮。翠華蒙塵，靈亦東奔。倉皇將母，水噬荒村。苟全性命，而不求聞。青山白社，招我遺民。朝鐘夕梵，無忝所生。昔爲軍國，今獨善身。時移世變，若兩截人。於是禪機玄理，左右馳驅。子房謝事，黄石在廬。惠遠盡敬，社有籃輿。淮南雞犬，暫寄人間。條支善眩，别有地天。俯仰浮沈，一十九年。吹篪與塤，或斷或連。東南屋瓦，恰恰在原。人奉高堂，舞衣斑斕。出訓諸子，詩依禮安。荀龍薛鳳，翱翔蜿蜒。兹惟仲春，萱樹凋殘。五十致毁，不勝其艱。撫三生石，增列宿躔。國喪遺老，人失高山。嗚呼惟靈，百身莫還。椒漿桂酎，陳列幾筵。雲車風馬，其來翩翩。」

山行雜咏

野岸芙蓉

曉日初晞露，微風拂短枝。馬蹄留不住，鳥語學相思。臨水裝偏好，依山影獨欹。悠悠樵牧侶，爲我荷篠遲。

夾道長松

谿聲齊樹頂，翠色截雲根。斜徑穿林出，高枝度嶺存。苔新初有跡，藤古已無痕。月色中宵滿，同心此地論。

峽口流泉

聽來宜瀑布，一路自安瀾。人笑攀籐拙，馬嘶絶澗難。谿光澄樹滑，石骨襯波寒。日没雲迷處，還疑蜀道寬。

山徑脩竹

嶺色原非翠，其如搡映齊。晚行猶有露，斜出至無蹊。蔽日歌山鬼，披雲望碧雞。長松多夾道，到此盡低迷。

山中傳稚公至

一語傳疑信，扶笻步步猜。箭行偏自急，遥聽似人來。荆棘牽衣住，苔花當屐開。那堪臨此地，撫影獨徘徊。

下白塔洞

登峰還出徑，已自覺山深。列炬燒雲重，捫衣激水侵。人驅野鳥入，鬼避毒龍尋。時事非秦比，迷津莫繫心。

洞中蝴蜨

別有一天地，無從問死生。尋香偏落粉，逐伴獨留情。半壁栖螢照，分疇共鳥耕。莫嫌風露少，出洞聽啼鶯。

渡石城洞書稚公詩于崖上

絶壁猿猱靜，陰厓草樹蕪。同心曾有句，岐路更何途。投石雷聲出，捫泉龍骨枯。明時棄仙藥，鍾乳散成珠。

石上菖蒲

仙蹤從此秘，空谷賦生芻。懷友朝朝怨，尋花處處無。漱流根易净，枕石葉難粗。若作盆池供，還當貯玉壺。

雨中躋水洞

裹裳衝霧起，馬臥隔山雲。樵徑高低誤，遊踪上下分。水從何處去，聲在此中聞。出入氤氳裏，人間晴雨紛。

闕扃之邀同友人汎西湖章姬佐酒

雲樹迷離暮色平，山光盡處水光傾。重逢遠客忘新別，初見吴姬識舊名。隔岸歌聲聽細細，同舟笑語賦盈盈。歸來睡醒窗前月，遥望雙峰獨自行。

人款筆門

跬步出門近，谿山俯仰長。芳魂春得句，霸虎夜舒芒。讀史前規好，臨書古帖香。勝將錢五萬，輟取月林堂。堂額集東坡先生書。先生曾書月林堂牓，譚稹以五萬錢取之。

成野齋

衡門北向，山齋東啟，題曰：成野識買山也。

一年一度看花出，何似山居竟不歸。芳草長堤群鹿過，清泉曲沼斷雲飛。勞勞塵世多成廢，寂寂幽巖孰是非。莫説行藏但謡興，秋風未許盡知幾。

柳　下

齋之前榮，南入而東，長楊拂池，開徑其下，出籬落間。

不學亭亭强項松，軟腰長裊舞東風。風風雨雨多青眼，猶被閑人説不恭。

泛香隄

徑盡處，長隄西屬，人行紅蓮渌水上。

爲貪遠近看雲山，斬盡茅茨踏水灣。怪道客衣香不散，逢人知向此中還。

照懷亭

隄折而北，有亭翼然，仍曰照懷，習先隱也。

門摇楊柳依前哲，簾影梧桐照夕香。舊日平泉無草木，十年凝碧已滄桑。海鷗飛舞同兒戲，野鶴低回識故鄉。直欲披襟□□漢，一潭冰雪一天霜。

【箋】

照懷亭見本集《袁卧生畫照懷亭白雲圖爲别詩以答之》。

鶴　梁

「有鶖在梁，有鶴在林」。鶴乎歸來，石梁新成。

獨立長松望渺茫，梳翎引吭且回翔。秋風無計天邊去，曲澗斜通小石梁。

紅　泉

遶宅皆水也，水中邊皆有花。花在水上，紅在水中。

獵獵風沙撲面飛，纖塵偏不染漁磯。星回斗轉春光暖，一片寒波盡赐緋。

倚竹山房

夾堂而室，竹叢厥西，曰倚竹者，盟歲寒也。

天寒落盡山林色，獨自亭亭不改裝。豈是閑情偏愛冷，無如傲骨恰經霜。室齋結伴歌聲響，永夜相思舞褎長。任爾春來風雨惡，也難消瘦到脩篁。

一眉廊

煙雨初消，短廊遥矚，螺無全髻，黛不雙蛾。

朝晴喜擁新粧出，風雨愁深瑣黛蛾。延佇幾時多悵望，莫遮半面舞天魔。

鶯邊

廊西南隅，矮屋半間，朝承墜露，夕受斜陽。

曉風殘月一簾輕，隔岸芙蓉覆緑萍。不爲避人群鳥獸，鶯邊是我我邊鶯。

松風寢

重垣洞扉，深深小院。濤聲遠沸，龍鱗未裁。而曰「松風」，奉宸翰也。

流水潺湲繞碧隄，曲廊窈窕護深閨。山雲每欲尋簷舞，草木咸知向北低。擾擾夢中尋往事，悠悠春色到前谿。傷心莫問冬青樹，江漢湯湯聽鼓鼙。

【箋】

顧苓曾自撰《松風寢記》，見《塔影園集》卷二：「崇禎甲申，烈皇帝殉社稷，明年南京國子生顧苓退耕於野，越四年，築室虎丘塔影園，勒烈皇帝御書『松風』二字于楣間，名其室曰松風寢，爲之記曰：御書從横盈尺，中鈐黄金璽一方，廣四寸，文曰崇禎御筆。室三面，各有長松數十百株，沐日浴月，吐納烟雲，風謖謖晝夜不絶。當春和晴暢，而聲若悲以思；暴雨迅雷，而聲遂鬱以怒；秋高氣爽，而聲轉悲以淒；雪沍霜繁，而聲乃震以殺。每瞻仰御書，若有是焉。其外故吳王闔閭之所葬也，干將夜鳴，金虎晨嘯，則風縱然應之；又生公説法臺也，鶴唳疑兵，塔鈴羯語，則風蓬蓬和之；至於畫船笙歌，城頭鼓角，牧人笳吹，婦女琵琶，則風颯然掃而去之矣。于是入其室者，瞻仰御書，或肅焉改容，瞿焉深思，或赧焉慚惶，慄焉恐懼，亦有叩頭流涕者，則仁者見之謂之仁，智者見之謂之智也。室中木榻竹几，几上置周宣《石鼓文》、《後漢書》、唐玄宗皇帝《紀太山銘》、顔真卿書《中興頌》及古尊彝雜物，苓將老於此焉。乃刻石而陷置壁間。」

「傷心莫問冬青樹」，崇禎皇帝自縊處有冬青樹。

小序中謂「松風」二字爲崇禎御書，後世所見崇禎御書，可參謝正光《太炎跋崇禎行書後及平素所見崇禎御書五則》。

隔流水

寢垣之外，谿流横亘，面直泛香。

兩岸緑陰遮不斷，煙雲一往看無多。出門那用悲歧路，淺淺谿流未許過。

中林閣 寢之東閣，長林覆檐，芳草臨砌，蘭蕙秀乎，訊之占夢。

石榴樹下小房櫳，春暖香生砌草叢。帳外梅花風細細，梁間燕子影忽忽。糟糠久已安田舍，眉黛何曾畫鏡中。漫説寢興占好夢，舉頭紅日正升東。

小東岡 東壁餘土，壘然成岡，一望廓然，是宜朝日；畦菜已熟，疇瓜未鋤，梅花數株，横散其下，又宜早春。

試上岡頭看四荒，銅駝光氣射天狼。朝暾初照梅花發，俯視人間白玉堂。

戊子己丑塔影園存藁

【箋】

按，《千里集》末署「戊子己丑」、「塔影園存藁」。鈐「顧苓」、「云美」二白文小方印。據此《千里集》似又名「塔影園存藁」。此稿所收，爲顧苓順治五年（一六四八）以前赴考、干謁、遊覽之經歷，故名「千里」；而又署「塔影園存稿」者，則已移居塔影園矣。所謂「戊子己丑」，當非戊子年己丑月，而爲並列之兩年，戊子即順治五年（一六四八），己丑爲順治六年（一六四九）。《塔影園集》卷二《照懷亭記》云：「越五年己丑，卜築虎丘之麓，故文氏塔影園。」則此《千里集》大抵爲移居塔影園之前與移居之初所作。移居之後大量作品一部分收入《斜阳集》，一部分則收入《卜居集》。

卜居集

【箋】

按，《卜居集》收各體詩若干首，分爲兩個寫作時段：一爲崇禎癸未（一六四三）至弘光（一六四四）三月，一爲南明亡後之甲午至戊戌，即清順治十一年（一六五四）至十五年（一六五八）。上海圖書館藏稿本《卜居集》，不知何故將兩時段顛倒排列，一九五八年由中華書局上海編輯所于一九五八年影印出版時，順序一仍其舊。今以時間順序重排，並以上下集分隔，特此説明。

陸鯤庭招集爲余撤樂設茗賦謝

黄葉丹林盡已殘，最宜深夜静中看。過門樂奏迎珠履，及席歌停慰素冠。爲我烹茶知水暖，與君剪燭共窻寒。誰教闌入西泠社，掇得霞漿獨自餐。

【箋】

陸鯤庭（一六一七—一六四五），即陸培，與兄圻、弟階，同負盛名。《明史》卷二七七《陳潛夫傳》附《陸培傳》云：「始爲文逐潛夫者陸培，字鯤庭，舉進士，爲行人，奉使事竣歸省。南京既覆，聞潞王又降，以繩授二僕，從容就縊而死，年二十九。培少負俊才，有文名，行誼修謹，客華亭，嘗却奔女於室云。」

《清史稿》卷四八四載：「孫治，字宇台。篤友誼，陸培死，以孤女託爲擇婿，得吴任臣。及立嗣，又以甥女嫁焉。」可謂不負亡友。又卷五〇一謂陸培與汪渢齊名。渢字魏美，「錢塘人。少孤貧，力學，與人落落寡諧，人號曰汪冷。舉崇禎己卯鄉試，與同縣陸培齊名。甲申後，培自經死，渢爲文祭之，一慟幾絶」。汪魏美屢見於黄梨州集中。

朱彝尊《静志居詩話》卷二十「陸培」條：「陸培，字鯤庭，仁和人。崇禎庚辰（一六四〇）進士，除行人，家居，死難。大行風概自持，卒蹈桐鴟之節。曩與陳公朱明，以文社不相能，大行既就義，陳公亦赴越江以死，曰：『吾生，何面目見鯤庭於地下？』今兩公並祀忠烈祠。絶命詩云：『誰謂朝廷一命輕，行人使節本皇明。春秋官敘諸侯上，周禮班從司馬名。雍國尚慙收采石，荆胥無計泣秦兵。蕩陰徒有湔衣血，烈帝孤臣恨未平。』」

又徐鼒《小腆紀年·附考》卷十：「陸培，字鯉庭，仁和人。崇禎庚辰（一六四〇）進士，不謁選，南都授行人。聞潞王降，慟哭，攜家避横山之桐嶺，過訣其友人陳廷會。陳曰：『君職行人，無守土責；且天下事未可知，國亡與亡，不亦可乎！』培嘆曰：『需乃事之賊，後日將有求死不得者矣，子不見北都某某乎？』妻陳氏晝夜防之，一日紿妻他往，鍵户自經，或破壁救之甦，培大恨曰：『奈何苦我？』夜上書辭母，揖其二僕授之繩，曰：『若輩宜成我志。』坐方牀就縊死。」

據《塔影園採》卷一《先處士府君行狀》：「辛巳（一六四一）十二月十四日，先碩人棄世。」云美詩中所及陸鯤庭爲撤樂，下首吴次尾招集，因座有女郎而不赴，皆以其丁母憂。此部分詩未署「崇禎癸未至弘光三月秘圖齋存藁」，故此二首當作于崇禎十六年癸未（一六四三）。

吴次尾招集知坐有女郎賦謝

因君山館主賓宜，念我蕭然旅寓時。亦解夜寒難入夢，其如酒暖不銜巵。傾城自合投名士，丸藥猶嫌近侍兒。寄語清歌留得在，明年花發莫來遲。

【箋】

吴次尾（一五九四—一六四五）。《明史》卷二七七《丘祖德傳》附：「吴應箕，字次尾，貴池人。善今古文，意氣横厲一世。阮大鋮以附璫削籍，僑居南京，聯絡南北附璫失職諸人，劫持當道。應箕與無錫顧杲、桐城左國材、蕪湖沈士柱、餘姚黄宗羲、長洲楊廷樞等爲《留都防亂公揭》討之，列名者百四十餘人，皆復社諸生也。後大鋮得志，謀殺周鑣，應箕獨入獄護視。大鋮聞，急遣騎捕之，應箕夜亡去。南都不守，起兵應金聲，敗走山中，被獲，慷慨就死。」次尾與陳貞慧實《防亂公揭》之起草者。

又陳田《明詩紀事》辛籤六上：「吴應箕字次尾，貴池人，崇禎壬午（一六四二）副榜。唐王立，除池州推官，監紀軍事，兵敗被執，不屈死。乾隆中賜謚忠節。有《樓山堂集》二十七卷。《陳忠裕集》：『次尾博極群書，通世務，善古文，獨慷慨負大略，此豈可以詩人目之哉？顧天下之善詩未有加次尾者。嘗與余酒酣細論，其言曰：「弘、嘉諸君之失也，以拘體法而詩在，今人之得也，以言性情而詩亡。豈性情之言足以亡詩？飾其未嘗學問者，以爲詩人之妙不過如是。嗚呼！與其自得也，則寧失而已。」次尾之詩，其學問可考而知也，豈與今之人同日而語哉』《自靖録》：『甲申，應箕上書當事，言江北三鎮，靖南侯黄得功獨忠勇；東平侯劉澤清、廣平伯劉良佐反覆不可保；武昌上游寧南侯左良玉難恃。而其大要則以史可法宜在内閣，不宜駐維揚。金陵不守，應箕與同邑徵士劉城痛哭，約鄉人果烈有心膽者同事，得四五萬人。應箕指揮，分爲四師：一師出東流，一師出建德，一師間道窺金陵，一師自率攻池州，與徽州金聲相爲犄角，聲勢頗震，屯兵池州城南九十里泥灣。池州知府遣人招降，應箕斬之。大將于永綬率師從徽州間道出應箕後，腹背受敵。應箕拔營大樓山上，與大清兵鏖戰，殺傷相當，終以衆寡不敵被執，引頸受刃，神色自若。授命處血迹久存，洗之不去。』」

又《静志居詩話》卷二十：「先生羅九經、二十一史於胸中，洞悉古今興亡順逆之迹。當崇禎中，預慮燕都之必不能守，聞者皆笑其迂，而先生持論侃侃不阿也。名雖不登朝籍，而人才之邪正、國勢之得失，瞭如指掌。撰有《熹朝忠節傳》二卷、《兩朝剥復録》十卷、《留都見聞録》二卷、《東林本末》六卷、《續觚不觚録》二卷，其書或傳或不傳，可以當龜鑑矣。分宜張爾公稱先生人文似陳同甫，是誠知言。」

北行别吾師徐勿齋先生

春山曉月籠晴煙，石鼓苔侵字不全。車自指南人率爾，馬嘶依北我茫然。看花漫約三千里，立雪從來二十年。回首吴趨函丈地，淵源何處有流泉。

【箋】

徐汧（一五九七—一六四五），字九一，號勿齋，長洲人。崇禎元年（一六二八）進士。徐枋父。《明史》卷二六七本傳：「徐汧，字九一，長洲人。生未期而孤。稍長砥行，有時名，與同里楊廷樞相友善。廷樞，復社諸生所稱維斗先生者也。天啟五年，魏大中被逮過蘇州，汧貸金資其行。周順昌被逮，緹騎横索錢，汧與廷樞斂財經理之。當是時，汧、廷樞名聞天下。」陳田《明詩紀事》辛籤六上載：「汧字九一，長洲人。崇禎戊辰（一六二八）進士，改庶吉士，授檢討。歷贊善、諭德、庶子。福王立，召爲少詹事，移疾歸。南都失守，投水死。唐王立，贈禮部尚書，謚文靖。乾隆中賜謚忠節。《自靖録》：『甲申，京都陷，汧號痛不已。南中福王立，咸謂中興可望。汧獨蹙然曰：「相無王導、謝安，將非祖逖、陶侃，區區新造之江左，分門別户，燕雀處堂，其能久安乎？吾惟有一死，以報十七年憂勞故主耳。」每指園中池曰：「此止水也。」聞南京不守，將引決於莊舍，爲莊僕所覺，不得死。從山中夜泛小舟至虎丘，月下沽酒獨飲，飲罷肅衣冠，北向稽首，從容赴虎丘後谿新塘橋下自沈死。一老僕躍入隨殉。』」勿齋子徐枋，字昭法，號俟齋。崇禎十五年（一六四二）舉人。入清不仕。有《居易堂集》。據羅振玉《徐俟齋先生年譜》，勿齋休沐里第，在崇禎十五年（一六四二）。云美詩當作於是載或其後。

别文啟美先生

看花自此始長安，柳眼青青向馬鞍。一路曉風隨落月，三更涷雨送餘寒。但爲痡哭書容易，若見流民畫亦難。莫到山深堪獨往，幾人遊戲待金鑾。

【箋】

文啟美（一五八五——一六四五），蘇州府長洲縣人。錢謙益《列朝詩集》丁集第十六「王秀才留附見文舍人震亨」：「文震亨，字啟美，待詔（文徵明）之曾孫，閣學文起之弟也。風姿韻秀，詩畫咸有家風。以天啟貢生，于崇禎間官中書舍人、武英殿給事。先帝制頌琴二千張，命啟美爲之名，又令監造御屏，圖九邊阨塞，皆有賞賚。踰年請告歸，遇亂而亡卒。」

顧苓《塔影園集》卷一《武英殿中書舍人致仕文公行狀》：

弘光元年五月，南都既陷。六月，略地至蘇州。武英殿中書舍人致仕文公，辟地陽澄湖濱，嘔血數日卒。幼子果既長，謀葬公於東郊之新阡，屬公之彌甥顧苓具狀以請銘於當世大人先生。公諱震亨，字啟美。七世祖定聰，於武昌侍高皇帝爲散騎舍人，贅浙江，生惠。惠自浙江來，占籍長洲，生成化乙酉舉人淶水教諭洪，洪生成化壬辰進士温州知府林，林生翰林院待詔徵明，徵明生國子監博士彭，彭生衛輝府同知元發，元發生禮部尚書東閣大學士文肅公震孟及公。公生於萬曆乙酉，少而穎異，生長名門，翰墨風流，奔走天下。辛酉以諸生卒業南雍，流寓白下。明年，文肅公廷對第一，遂慨然稱王無功語，云：「人間名教，有兄尸之矣。」天啟甲子試秋闈不利，即棄科舉，日遊佳山水間。尋值逆閹擅政，捕天下賢士大夫投之獄。文肅公旦夕慮不免，公乃歸故園侍文肅公。烈皇帝登極，召文肅公還朝。或勸公仕，不應。丙子，文肅公薨。逾年，脂車而北就選人，得隴州半刺。先是，以琴書名達禁中，蒙上特改中書舍人，協理校正書籍事務。歷三年，值黄道周以詞臣建言觸上怒，窮治朋黨，詞連及公，下刑部獄。久之，復職。壬午，奉命勞軍薊州，給假歸里，將以甲申還朝，而有三月十九日之變。事出非常，人情旁午，郡中士大夫皆就公問掌故，謀進止焉。皇帝即位南京，原官召公，時柄國者爲公詩酒舊游，不堪負荷，公亦不爲之下，漸不能容，上疏引疾，奉旨致仕。散員致仕，前此未有也。公長身玉立，善自標置，所至必窗明几净，掃地焚香，所居香草垞，水木清華，房櫳窈窕，闤闠中稱名勝地。致仕歸於東郊，水邊林下，經營竹籬茅舍，未就而卒。今即其地爲新阡矣。元配王氏，故徵君王百穀先生女孫，生子東，郡諸生；側室生子果，能詩畫，世其家學云。

鍾惺《隱秀軒集》卷十一《過文啟美香草垞》：「入户幽香小徑藏，身疑歸去見沅湘。一廳以後能留水，四壁之中别有香。木石漸看成舊業，圖書久亦結奇光。君家本自衡山出，楚澤風煙不可忘。」

徐波《浪齋新舊詩・早春過文啟美香草垞》二首：

當君暇日我能知，不掩雙扉風自吹。樹密只言山隱處，池寒可想水深時。人兼筆墨閒能過，室字栴檀奥未窺。丘壑但存吾輩賞，經營略遣世人疑。

廊虚長似月流光，恨少蕭蕭竹數行。已見分花成别嶼，堪思積水在閒房。山童縛帚心仍急，侍婢牽蘿景太荒。歎息眼中無繼嗣，羡君舍北有空桑。

過房山

路出房山一徑斜，同行日午盡停車。梁無殘壘猶來燕，草有遺根略見花。塞北歸魂尋子女，江南入夢説桑麻。相逢但幸傷痍淺，歷數東西剩幾家。

【箋】

顧祖禹《讀史方輿紀要》卷十《北直一》：「房山縣屬順天府涿州。」

寒食過莒州

曉風殘月短牆邊，嵐氣朝開五色天。路爲兵過重立市，家因牛去學耕田。杏花滿樹凝春霧，楊柳無條結暮煙。遥想千邨曾附郭，幾人寒食看鞦遷。

【箋】

顧祖禹《讀史方輿紀要》卷三十五《山東省青州府莒州》：「府南三百里。明初以州治莒縣省入，改屬青州府。領縣二。」

寒食舊俗爲踏青、忌火、蕩鞦韆，此詩寫莒州一帶兵後慘狀。

道中寄錢牧齋先生

睹某墅外雲方紫，煨芋爐邊火正紅。身是長城能障北，時遭飛語久居東。千秋著述歐陽子，一字權衡富鄭公。莫説當年南渡事，夫人親自鼓軍中。

【箋】

錢牧齋見《千里集·送錢牧齋先生赴逮》。

「時遭飛語久居東」，《塔影園集》卷一《東澗遺老錢公別傳》：「故時稱東宮爲大東，東林爲小東。」指牧齋久在東林，爲其魁首。又曰：「嗚呼！公不死，爲東林之門户羞，公死而東林之門户絶。東林以國本爲終始，而公與東林爲終始者也。」

『莫説』兩句，金鶴沖《錢牧齋先生年譜》：「先生會試出高陽孫文忠公承宗門下。好談兵，以經世自負，當世推爲知兵。隆武二年，江陰黄介之毓祺自舟山起師，先生使河東君至海上犒師。秋興詩所云：『閨閣心懸海宇棋，每於方罫繫歡悲。乍傳南國長馳日，正是西窗對局時。』蓋指此。」

聞警南遷沂水道中即事

短亭風暗石沙龘，結得同行出畏途。誰以千金壽深井，遂令百騎誤萑符。無衣錯解羞秦賦，劍術難言媿市屠。四海有讎俱未報，勸君努力效前軀。

【箋】

顧祖禹《讀史方輿紀要》卷三十五《山東省青州府莒州》：「沂水縣，今屬莒州，州西北九十里。」見本集《寒食過莒州》。

廣陵别萬次謙 傳聞翠華將南。

回車春晚穆陵關，小小移舟渡草灣。雲暗雞聲三里月，風過馬首幾重山。江流方漲君何去，田研將荒我未閑。楊柳隋堤曾好夢，迷樓顔色别今年。

【箋】

萬次謙名六吉，永曆政權官給事中。

「翠華將南」蓋指崇禎南遷。姜垓《流覽堂殘稿》卷六，《甲申春感懷時聞大駕親討》：「漢武旌旗動石鯨，將兵十萬哭横行。邀功舊白遼東豕，駐輦新青鉅鹿城。日落滹沱移甲帳，天長驃騎列前營。六龍一出明光殿，北斗終年照帝京。」劉尚友《定思小紀·崇禎十七年甲申》：「二月中，一日，上臨朝歎曰：『討賊之事，朕須自行。』乃諸閣臣咸稽首願往，皆不許。」本題所詠即此事。姜如須友人錢澄之《田間詩文集》卷十九有《煤山》一律：「玄武門通一水環，君王遺恨滿煤山。

廷争未必南遷謬，駕出猶聞夜阻還。滄海日沉長此暗，青天龍去有誰攀。即今御苑傷心地，草漬啼鵑舊血斑。」頷聯「廷争未必南遷謬，駕出猶聞夜阻還」，上句指崇禎末南遷之議，下句明指崇禎御駕親征而爲廷臣阻撓。

云美本集另題《歲暮懷二友》，明言崇禎嘗有南幸之意：「山東路上同回馭，揚子津頭説翠華。頃刻鐘英還散盡，將星落地夕陽斜。甲申三月，次謙别于揚州，爲余言：望氣者云將有翠華南幸之事。將星謂高興平。」「天南一旅重開國，諫草傳來日月邊。書過雁飛不到處，無端説到聖人前。」據此，知此詩作於崇禎十七年（一六四四）三月。

送安吉州刺史黄子羽赴任　從新都遷授。

誰爲公謀換海棠，五年蜀道有餘香。歸從萬里烽煙地，去入千重雲水鄉。三峽猿曾聽宛轉，一州蟹已足徜羊。湖山處處因緣好，肯説人間吏事忙？

【箋】

黄子羽名翼聖。彭際清《居士傳》卷四十八：「黄翼聖，太倉人。素服雲棲之教，與妻王氏精修净業。崇禎中，以薦起爲四川新都知縣。嘗飯僧縣堂，躬行匕箸，布貝親施，繼以膜拜。張獻忠寇四川，過新都，子羽率民守城。新都千僧感子羽之德，相率登城，擊鼓稱佛號。夜中，其聲震天，賊尋引去。以城守功，遷知安吉州。明亡，棄官歸印溪。所居樓曰蓮蕊樓，自號蓮蕊居士。營齋奉佛，日持佛號數萬。已而，卧疾浹月，自制終令。四壁張彌陀像，請晦山顯公授菩薩戒。語顯公曰：『吾神明愈健，誓願愈堅，自信生西方必矣。』明晨，顯公將别去，尅八日必行，已而果然。年六十四。」

黄易《小蓬萊閣金石文字》録顧苓《王稚子闕銘跋》云：「崇禎十三年，太倉黄翼聖知四川之新都縣，余按《隸釋》以二闕字屬之。至十七年解縣事歸，出此爲贈云：『二闕已横卧榛莽中，各失其下半截矣。』此後四川兵戈雲擾，人煙斷絶，正不知二闕尚存否也。洪趙所藏二闕俱有全文，故知其名涣。歐陽所藏，止《刺史》一闕，而又失去『王君』下二字，遂不知爲何人？止據雒字去水加佳，爲光武以後字，定爲後漢人爾。苟非洪趙兩君子，則今見二闕者，何從知其爲『稚子』哉！丁酉正月顧苓記。」（見王昶《金石萃編》卷五）可知，子羽赴新都任爲崇禎十三年（一六四〇），十七年（一六四四）改任安吉州刺史。

子羽生平又見蒼雪《南來堂詩集》補編卷三下《贈黄明府子羽》詩箋，錢牧齋《初學集·黄子羽詩集序》、《有學集·黄子羽六十序》、《黄子羽墓誌銘》、《蓮蕊樓記》、《蓮蕊居士傳》，兹不備録。

新都見《讀史方輿紀要》卷六十七《四川二》：「新都縣位成都府北六十五里。」屬今四川成都市範圍。黄子羽之任其地，當時送行者除顧苓外，蒼雪讀徹、錢謙益、程嘉燧及吴偉業均有詩送之。

蒼雪《南來堂詩集》卷三下《送黄子羽之任成都》：「古城天際出芙蓉，新令承恩下九重。濯錦江來衣上色，浣花溪到縣門封。酒爐舊社尋司馬，血食荒祠拜卧龍。聲政管絃應有暇，好將竹杖寄臨邛。」

錢謙益《初學集》卷十五《送黄二子羽令新都》二首亦詠此事：「萬里星橋路，之官亦壯哉！勒銘看劍閣，爲政想琴臺。烏魄于今在，蠶叢自古開。經過襄漢地，爲訪卧龍才。」「知爾彈琴日，高齋雪嶺前。質成休訟芋，絃誦壓啼鵑。花鳥新詩句，菖蒲小樣箋。好將官製錦，同卷寄吴船。」

程嘉燧《耦耕堂集》詩卷下《送黄子羽之任新都》：「賢良出宰新恩渥，聖主親民德意深。綬組錦江看製錦，船過琴峽試彈琴。三年闕下無雙譽，千頃陂前不滓心。吴蜀帆檣通萬里，爲邦計日起瑶吟。」

吴偉業《梅村家藏稿》卷四更有《送黄子羽之任四首》：「（襄陽）始見征途亂，十年憂此方。君還思聖主，何意策賢良。楚蜀烽煙接，江山指顧長。祇今龐德祖，不復卧襄陽。」「（巫峽）高深積氣浮，水石怒相求。勝絶頻宜顧，奇情不易留。蒼涼難久立，浩蕩復誰收。詩思江天好，春雲滿益州。」「（成都）魚鳧開國險，花月錦城香。巨石當門觀，奇書刻渺茫。江流人事勝，臺榭霸圖荒。萬里滄浪客，題詩問草堂。」「（新都）丞相新都後，如今復幾人。先皇重元老，大禮自尊親。舊俗科條古，前賢風尚醕。似君真茂宰，白石水潾潾。」

据前，此诗作于崇祯十七年（一六四四）。

送幼洪赴召

六月驅車指帝京，知君攬轡志澄清。當年直節家聲在，今日忠魂吾道行。四海未能安反側，中朝何以息紛爭。鍾山紫氣尋常事，會有英賢佐聖明。幼洪師馬素脩先生死北都之難。

千里同驚風鶴時，于今三月入朝遲。小亭桐下無難别，夾道楊枝有所思。望雨瞻雲人世事，盟山指水我心期。看君此去平胡策，宰相何嘗不賦詩。

【箋】

幼洪見《千里集·出稚公詩文示幼洪》。

顧苓《塔影園集》卷一《前文林郎兵科給事吴君行狀》云：「君諱适，字幼洪，長洲人。年二十四中崇禎十年丁丑科進士，六月授浙江衢州府推官。十七年三月，行取在途，北京陷賊，皇帝殉社稷。五月，福王即皇帝位於南京。七月入朝，八月授户科給事中。」據上引可知，《送幼洪赴召》一詩作於崇禎十七年（一六四四）七月。是年三月，北京城陷，崇禎帝殉國。五月，福王朱由崧在南京即位稱帝，年號弘光。七月，幼洪赴弘光之召，前往南京任職。故詩中有「鍾山紫氣尋常事，會有英賢佐聖明」及「於今三月入朝遲」句。

吴梅村《吴梅村全集》卷三十八《吴母徐太夫人七十序》亦詳敘吴幼洪赴召之後事，並發「邊疆之勢愈蹙，則恩仇之報復欲急，而其是非亦愈亂」之論。

又，《塔影園集》卷一《先處士府君行狀》：「次適兵科右給事中崇禎丁丑進士吴适。」知幼洪爲云美妹婿。

自注中馬素脩即馬世奇（？—一六四四），字君常，號素修，無錫人。崇禎四年（一六二一四）進士，官至左庶子。李自成破北京，世奇自縊死，清廷謚文忠。其事詳見《明史》卷二百六十六本傳。

黄坤五太史納姬南還時新奉召

小凰試羽望瑶岑，恰似銜書出上林。一路芙蓉看並蒂，到家荔子莫酸心。山中堂記秋風早，閣下裁箋夜漏深，賒得星橋先九日，西湖新月好穿鍼。

【箋】

黄坤五名文焕（一五九八—一六六七），字維章，號坤五，永福人。《四庫全書總目》卷十七載：「天啟乙丑（一六二五）進士。崇禎中由山陽縣知縣擢翰林院編修。坐鉤黨，與黄道周同下詔獄。後獲釋，流寓南都以終。」陳田《明詩紀事》册六辛籤卷十八亦有載。

楊長倩先生歸自成都志喜

湖水茫茫路不窮，蠅頭小札喜先通。千年點畫猶存骨，萬里山川盡見容。南北紛更當世事，兒孫入抱兩家同。從來無限慇懃意，祗在追隨一笑中。先生搨漢《王稚子闕銘》及刻《蜀游草》見示。

【箋】

楊士修，字長倩，號無寄生，雲間（今上海松江）人。著有《印母》一書。

顧苓《塔影園集》卷一《亡妻陸氏行略》載：「長洲顧苓妻陸氏，諱宜，字山淑，陳墓鎮人。家世耕讀不仕，父諱世鈺，早卒。母楊孺人，父諱士修，有文章德行，一見苓，以外孫女字焉。」可知士修爲顧苓妻陸氏外祖。

漢《王稚子闕銘》見本集《送安吉州刺史黄子羽赴任從新都遷授》箋，黄子羽四川歸來贈送《王稚子闕銘》給顧苓，此楊士修所示似爲此闕又一拓片。

李存我中翰示余九歌圖並小楷余亦以隸書九歌索題

只此離憂引恨長，敢云吾輩共懷香。豪端自我亡秦漢，紙上從君得晉唐。所恃橫波河有伯，誰能凌陣國無殤。欲知神鬼天人辨，畫理于兹仔細商。

【箋】

李存我名待問。朱彝尊《明詩綜》卷七十三「李待問」條：「（待問）松江人。崇禎癸未（十六年，一六四三）進士。乙酉（一六四五）八月保松江城，中流矢死。」陳田《明詩紀事》辛籤卷八下「李待問」條引《松風餘韻》：「舍人性嗜臨池。遇筆墨，無論精確，輒爲濡染。聲價與文敏埒。」

立春前一日啟美先生飯秘圖齋賦詩奉和

小牕爐火自悠然，晴日東風試柳煙。字畫每思從舅氏，文章何敢效時賢。未成卜晝寧期夜，將入新春憶去年。半榻圖書堪共賞，今朝又喜得詩篇。

附先生原唱：

名士風流故宛然，半庭花木枕春煙。遥從秦漢珍奇字，何減嘉隆繼往賢。几榻映人皆古色，盤飧邀我共新年。歸來桑柘斜陽裏，七日題詩又一篇。日看新購古帖鈿榻奇物也。

【箋】

啟美先生：見本集《別文啟美先生》。秘圖齋乃云美舊居齋名。《卜居集》末即署「崇禎癸未至弘光三月秘圖齋存藁」。

送劉公旦任南昌

冰雪嚴冬共到家，三春風暖自登車。谿情一路隨灘水，山色千重間雜花。子舍相將猶未遠，金鑾入侍亦非遐。賦才知是淩雲手，莫上滕王看落霞。

【箋】

劉公旦即劉曙（？—一六四七）。夏燮《明通鑒》附編卷四：「時又有故南昌知縣劉曙者，蘇州破，亦避居鄧尉山。有通款舟山之諸生，疏吴中忠義士二十三人，廷樞及曙名最先，爲游騎所獲，上其事。會廷樞被逮，乃及曙，曙至，膝不屈，詰曰：『反乎？』曙答曰：『誠有之。愧事未成耳！』然曙實不與謀也，下獄八旬，與咸正、完淳等同就戮。』」計六奇《明季南略》卷四：「劉曙，字公旦，號穉圭，長洲人。崇禎癸未進士，亦以事累被執，解南京部院洪承疇，繫獄八十日，與顧咸正、夏完淳從容就義死。」朱彝尊《明詩綜》卷七十五「劉曙」條：「曙字公旦，別字穉圭。長洲人。崇禎癸未（十六）年進士，除南昌知縣。未赴，居父憂，坐事，械至金陵，死於市。有《節必居稿》。」陳湖逸士輯《荆駝逸史》收吴下逸民撰《劉公旦先生死義記》，見李慈銘《越縵堂讀書記·三歷史》頁三九五。

送王仙聲主滇南試

秦淮春水喜追隨，笑語無多又別離。萬里風塵勞午夢，三年燈火爲秋期。聽來好鳥應難見，過去青山總不知。莫説車中閉新婦，歸時桃李滿花枝。

【箋】

王仙聲即王景亮（原名佩），字武矦，號仙聲。吴江人。徐鼒《小腆紀傳》卷四十九有傳曰：「王景亮，字武矦，吴江人。崇禎末成進士，弘光時授中書舍人，隆武時擢監察御史，加太僕寺卿，巡按金、衢，兼視學政。衢乃唐、魯之交，政令不一，魯監國亦置官並守，景亮奉命通好於魯。久居之，未有以報命。城破，赴井死。」

崇禎癸未至弘光三月秘圖齋存藳

【箋】

崇禎癸未：崇禎十六年（一六四三）。

弘光三月：即弘光元年／順治二年（一六四五）三月。以上諸詩皆此兩年間所作，似宜載於前乃置於後，不知何故？今據時間順序，將此部諸詩前置曰卜居上集。

卜居下集

序

未聞巢繇，買山而隱。匈奴未滅，何以家爲？焉用文之，以識吾過。

棄宅

比鄰殘落漸相侵，蘿薜無能護小岑。自縛蠶猶知破繭，有巢鵲亦解投林。十年種樹空成蔭，終歲懷人隔好音。世事總難回首看，出門何用復關心。

竹樹桃花等避秦，只無流水作迷津。敲門不覺驚栖鳥，出户還同縱逝鱗。莫悔向來徒守舍，須知此外亦藏身。試令極目中原地，處處樓臺盡換人。

流寓

四海無家一寓公，飛鴻何暇問西東。偶來隄上尋秋菊，遂住谿邊看晚楓。獨木小橋流水裏，數行深樹夕陽中。飄零猶勝悲歧路，驢背衝寒溯北風。

破産依然略有家，恰當山徑板橋斜。南峰迢遞通西嶺，朝靄氤氲變暮霞。載得殘碑攤舊榻，攜來怪石伴名花。隔谿遥見漁燈下，笑傲安于貫月槎。

移家塔影園

文上林先生築室虎丘之南，誅茅疏澤，池成而塔影見，因以名園。

漫説遐心山水濱，山深原未□藏身。一時家國俱成夢，十載文章不療貧。負郭煙雲隄七里，隔谿簫管石千人。衹因天上無消息，偶逐桃花復問津。

何疏牛馬密魚蝦，小小亭臺竹樹遮。遂與名山分半席，不期瀚海共天涯。風流死後真娘墓，丘壑生前短簿家。萬事總憑顛倒見，浮圖沉影石闌斜。

【校】

第二首，《桐橋倚棹録》卷八「雲陽草堂」條録此詩，第二聯作「隔岸千人聚簫管，背城七里散煙霞。」

【箋】

塔影園：爲顧苓隱居蘇州之所。其自撰《塔影園集》卷二《虎丘塔影園記》云：虎丘塔影園者，故上林録事文基聖先生之别墅也。先生爲待詔公孫、國博公子，詞翰奕世，宏長風流。自停雲玉磬，境與人杳，雖茅舍竹籬，而播諸詠歌，傳爲盛事。初於虎丘南岸誅茅結廬，名「海涌山莊」，鑿地及泉，池成而塔影見。張伯起先生爲賦詩云：「雁塔朝流舍利光，半空飛影入空塘。應知不是池中物，會有題名在上方。」因以「塔影」名園。伯起先生復同王元静、吴恭先、徐懋新賦詩落之，詩入《虎丘隣園志》。上林先生有《塔影園次皇甫子循》詩云：「鑿池成塔影，結屋依山阿。疑自浮員嶠，翻同瀉翠娥。昔聞挂清漢，今倒映泞波。惠我驚人句，賡酬奈拙何？」于是和州公爲之圖，國博公八分書題其上云：「籬豆花開香滿園，赤闌橋畔塔斜懸。偶思小飲沽村釀，門外魚鰕正泊船。」園之蕭條疏豁，大概可見矣。既而待詔公門下士居士貞僦居園中，王百穀徵君《虎丘訪居士貞》詩：「偶過處士宅，宛是野僧家。古井春無水，衡門晚帶霞。」即其地也。士貞去後，敗瓦頹垣中風沼霜林，依然如昔。尋山客至，不復停車。天啟間，屬松陵趙氏。往來讀書，復臨池搆屋，稍貯歌舞。崇禎中出門仕宦，閩亂乃歸，遂爲園擇主人。適余避兵出郭，僑寓白公隄上，顧而樂之，與割券而考室焉。雖秦人避世，不爲桃花；葛氏移家，但攜雞犬。憶《梁史》顧正禮少隨外從祖遊虎丘，以欲枕流漱石之語，爲外祖所器，卒以志操見稱。予爲文氏彌甥，葺虎丘舊隱，似闢宅相，亦有門風。彭城萬若來過之，作行脚，書事實，住塔影園也。虞山錢宗伯先生爲予製《塔影園雲陽草堂記》，四方過從，時有題詠。詩文多于水樹，水樹多于齋館，烏足被園林之目哉，夫有所受之矣！

徐波《天池落木庵存詩》第四十九題《同州來游虎丘塔影園，時新屬顧云美》：「坦步須乘興，名園今有人。地幽山隔岸，池静塔分身。樹石維求舊，禽魚亦易親。緑陰行滿眼，就此送殘春。」

蒼雪《南來堂詩集》補編卷三上《題塔影園爲顧云美》王注引陸汾原注：「園在虎丘便山橋南村。

池中有虎丘塔影，故名。」又引文肇祉《録事詩集·築園於虎丘南村池中忽移塔影志喜詩》：「幾年浪跡寄江湖，歸葺田園半已蕪。環沼倒懸新殿宇，浮丘翻映小蓬壺。分明馬遠晴巒景，絶似南宫煙寺圖。真覺世心消欲盡，閉門羞復看陰符。」附申时行和詩：「欲從野寺開新社，故向郊園剪舊蕪。地近青山來白鳥，人同秋月在冰壺。蓮花七級涵空影，祇樹雙林入畫圖。今日潛夫能雅詠，不須著論學王符。」

歸莊（一六一三—一六七三）《歸莊集》卷六中《照懷亭記》：

余總角時，識郡城顧云美。遭亂後，云美遷居虎丘之塔影園，余嘗訪之。園中修廊曲池，木石森布，亭館潔精。出其所著詩古文從觀，因屬余題塔影圖詩，許而未爲，後相見，必責前諾，忽忽已十餘年。丁酉、戊戌之交，余在虎丘度歲，時方戒作詩，云美乃不復索詩，而以文請。且曰：「園中有雲陽草堂、照懷亭、松風寢，草堂錢尚書爲之記，餘二者，君擇其一記之。照懷云者，以康節先生詩有云「梧桐月向懷中照，楊柳風來面上吹」，取此義也。」余方學道尊先儒，乃許爲亭記。中秋至虎丘，過云美，則松風寢，徐孝廉又記之矣，余豈容卒負諾乎！邵子嘗自作《無名公傳》，襟懷廓然，殆與天地同流，梧桐楊柳之句，彼所謂吟自在詩者也。伊川先生亦嘖嘖稱之，服具胸次。一日，伊川語康節以朝政，曰某事某事，康節笑曰：「吾將謂收卻幽州也！」跡邵子之言，絶非忘世者，彼以當時君相守常習故，既無收復燕雲之望，而已又不任其責；幸而方內無事，猶得偷安，聊以玩世終其身耳。今云美所處，非邵子之時，而有邵子之高懷，可謂善處世者也。云美又言，亭乃其高祖太僕先生之舊名，而移以名此亭。先生當世廟時，以直節聞，其爲太僕卿也，先曾祖太僕府君以邢州司馬承先生檄修《太僕寺誌》，後遂遷太僕丞爲屬吏；及先生致政歸，府君以序送之。以兩太僕當年相與之厚，余兩人復修通家之好，雖遭喪亂，猶得無恙，以詩古文相往還，茲非幸歟！顧處世之道，余不如云美之自得也。余雅取范孟博之語「善善同其清，惡惡同其汙」，是以獨立寡偶，出門有礙；云美忠義之懷，溢於文辭，而有鍾皓、陳寔之量，寬皂白之界，在清濁之間，四方之舟車冠蓋過虎丘者，多詣云美，云美亦無不接納，豈所謂道廣多通者耶？抑有邵子玩世不恭之意歟？邵子又嘗語伊川：「眼前地步，須令放寬。」若余之隘，適以自苦！懷中明月，何處無之，顧不能不讓云美之獨樂也。戊戌重九前一日，崑山歸莊記。

董說（一六二〇—一六八六）《寶雲詩集》卷四《得吳郡問顧云美亦逝》云：「十年諸老盡，塔影幀孤留。至竟文章厄，嗚呼金石休。眉從經亂結，藁定遠親收。兩字浮家篆，無人扁小舟。」按，《寶雲詩集》刊于康熙二十五年（一六八六），可知云美下世日當在此之前，確年仍待考。

雲陽草堂

山南水北，瓦屋三間。顔曰雲陽，希巨公也。

背山開竹徑，隔水設柴扉。秋色依紅樹，晨光蝕翠微。松筠從此老，杞菊自然肥。若問平生事，斯人吾與歸。

【校】

《桐橋倚棹録》卷八「雲陽草堂」條録此詩，「晨光」作「晨花」，「斯人吾與歸」作「斯人無是非」。

懷人當後漢，覽物自西京。高節矜年少，清脩到老成。杜門看落木，室户貯芳蘅。此外輪蹄跡，朝來平未平。

但入山中去，居然無主賓。隄邊花未落，池上月還新。谿犬喧村巷，桑麻散比鄰。樵漁攜手坐，相與話先民。

四海急征戰，争言功與名。我專事無益，聊以娛此生。各自知煖冷，於誰較重輕。且來松竹裏，烘手聽瓶笙。

不能扶日月，只自守晨昏。萬里東流水，千年望帝魂。長林無媿色，脩竹已忘□。獨立斜陽下，聽中睇隱淪。

【箋】

雲陽草堂乃顧氏塔影園中建築，錢牧齋《有學集》卷二十六《雲陽草堂記》云：

顧子云美，卜居于雲巖之陽，所謂塔影園者，讀書尚志，撫今懷古，讀《後漢・宣秉傳》，論其世而知其人，穆然太息，顔其三間之屋曰「雲陽草堂」，而請予爲記。

余學佛之人也，少覽二史，習炎劉、新莽之故，茫茫如積劫事，都不記憶。云美所以名堂之意，未能析也。云美之居，去雲巖一牛鳴地。入寺門，平石穹然，晉生公説法處也。牛公欲證明闡提佛性，聚頑石演説妙義，石爲點頭。儒者河漢其言，以爲無有。夫石猶能言，儒者之所知也。石無口能言，石有頭，獨不能點與？類萬物之情而通其變，石可以生人，人亦可以化石，獨何疑于聽法與？

吾嘗讀《列子》書，感北山愚公之事。生公説法見擯，列石聚講，愚公移山之類也。已而爲石説法，石爲移聽，化冥頑爲講徒，則亦猶操蛇之神，患愚公之傴而助之也。古之勞人志士，其圖事也，多迂而無當。其謀身也，每拙而無所之。孤行單棲，徬徨彳亍，往往遥結契于千百世，而高自附于古人。舉世之人，見不越晦朔，智不出口耳，聞點石移山之説，未有不揶揄手笑者也，而又何怪與？

顧禄《桐橋倚棹録》卷八云：「雲陽草堂，在虎阜山南，顧文學購文肇祉塔影園改築。萬壽祺記。」

客中乏鏡次原韻

中宵乘興趁漁船，長物隨身孰後先。轉展不知紗帽側，參差難料鬢毛邊。偶然睹影還臨水，幾度搔頭但問天。纔憶家中裝閣裏，宜官漢字小如錢。

寄王玠右

占當入雒蔣山摧，水逝千輪若箇迴。此後身如萬里外，至今夢自九天來。且牽黄犢鋤春雨，還削青編坐石苔。海内何人能射賊，杜吴原不畫雲臺。

漁蓑牧篴且逶遲，欲定風波未有期。只似卜居臨瀚海，還疑牽筏繞長堤。十年耕鑿何人力，兩地行藏可自知。寄語桃源豁犬去，秦家日月不多時。

【箋】

王玠右：即王光承（一六〇六—一六七七），錢仲聯《清詩紀事·明遺民卷》傳云：「王光承字玠右，江南上海人。有《鐮山草堂詩集》。卓爾堪《明遺民詩》：『玠又……與弟烈齊名，負耒躬耕，不入城市，士林重之。』王士禎《居易録》：『予嘗有《齋中三詠》，「王玠右草書」云：「逃名東海上，時復帶經鋤。自是高人筆，非關餓隸書。」王與徐昭法、金孝章，皆吴中高士也。』」

《明史》卷二七七《夏允彝傳》：「允彝與同邑陳子龍、徐孚遠、王光承等亦結幾社相應和。」

寄湯玄翼

雪擁陰山白，雲迷江水黄。甘泉尚通火，蜀道已斜陽。將相營三窟，男兒羆四方。勞人勤戰伐，處士荷綱嘗。一室空除掃，千秋自較量。披林占畢昴，食粟念虞唐。懷袖窺新句，衣冠染古香。因之託雁足，還得剖魚腸。弔往無非恨，悲來豈是狂。過從多舊隱，酬唱半僧房。尊酒何時共，論文午夜長。請看兩漢史，仔細説興亡。

【箋】

湯玄翼：　即湯燕生（一六一六—一六九二）。戴鈞《國朝書人輯略》卷一云：「湯玄翼，名燕生，字巖夫，江南太平人。詩文有名於時，兼工書法，篆書古淡入妙，不在伯奇、子行下。聞先生昔與谷口翁同究各體書，學無不透達壼奧。谷口尋專以分隸鳴而更不作篆，意不欲相掩，兩賢得無同心耶？」

山中訪范正之不遇

支笻深入泝流霞，峰嶺高低石徑斜。短短茶侵名士宅，蕭蕭竹繞野人家。爲看古帖翻書架，因禮先賢躋水涯。延佇幾年空悵望，今朝仍被白雲遮。

【箋】

范正之見徐波《天池落木庵詩存》第一九九題《上沙范正之，相與有年。余山居相近，蹤跡甚疏，但記其爲乙酉生，人已登七十》：「築舍君東我在西，中間芳草正萋萋。竟憐蹤跡如風馬，聊憶生辰在木雞。醞釀松醽聞獨醉，揩摩竹粉待新題。入時未肯居前輩，墨染霜莖早晚齊。」上沙在蘇州府吴縣，即徐汧、枋父子之故里。范正之當生於乙酉，即萬曆十三年（一五八五），可知該詩作于順治十二年（一六五五）。合云美及元歎兩詩觀之，范氏可謂與世鮮有往還之真隱士也。

寄正之索折梅

香綻南枝透石霞，疏林端欲訪橫斜。支離自向山中老，催折仍歸處士家。漫説犧尊殘物性，從來驛使寄天涯。草堂日色烘牕暖，但隔湘簾影不遮。

【箋】

正之見本集《山中訪范正之不遇》。

太師母馬太君輓詩 除夕前二日。

紫極凶躔末一星，人間將毋嘆零丁。月窮未見新更紀，婺暗還疑乍失經。洞口桃花難避世，山頭雲氣不長青。哀哀孝子支雞骨，哭向泉臺那忍聽。太君以烈皇后殉社稷，壽誕不舉一觴。

鬼矙高明可奈何，不堪歲月已無多。正愁直北涼風裏，又唱人間薤露歌。縱是日光能愛惜，難令婺影且蹉跎。伊誰鞠我偏同恨，從此稱詩輟匪莪。

池上畜鴛鴦一隻李密菴先生以一雌來匹之漫賦七言疊成六首

文章知不是家雞，莫惜生來羽翰齊。羅畢彌天低處好，煙波橫海望中迷。同群既可寧嫌我，偕隱依然亦有妻。珍重道人無限意，身携竹籠到前谿。

孤栖心事五更雞，兩處啼聲恰一齊。被未合歡文碎散，曲翻長樂意低迷。扁舟載酒尋逋客，小院開花擁艷妻。無數飄零江海上，何時安集有山谿。

飲啄樊中媿野雞，不期時命適相齊。爲憐患難身猶在，重結因緣夢已迷。紫燕春秋託賓主，斑鳩晴雨喚夫妻。亂離流寓尋嘗事，戢翼山梁照碧谿。

【校】

按，第二句，「爲憐」原作「曾經」，第五六句「春秋託」原作「栖遲自」、「晴雨喚」原作「流寓必」，第七句「流寓」原作「托宿」，皆細筆點去重書。

寧須斷尾似雄雞，亦復成行形影齊。細雨雙浮花慘澹，初晴並浴草萋迷。羽儀自喜非時樣，野合何慚是小妻。莫説天淵多好處，此身應已老松谿。

不學紅羅擁項雞，傷心頭白事難齊。曲江晚渡人何在，平望分飛月欲迷。蘇武南歸曾棄婦，梁鴻市隱獨携妻。從今罷宿相思樹，兩岸菱蘆夾小谿。司空圖《曲江晚望》云：「一對鴛鴦落渡頭。」又《古今詩話》有徐月英《送人》詩云：「生憎平望亭前月，忍照鴛鴦兩處飛。」

仙成獨有入雲雞，羽翼雖長力不齊。一自剪翎身已辱，縱然食粟性難迷。傷心落落無同伴，私愛區區只後妻。誰把明珠爲彈子，遊蹤那到武陵谿。

【箋】

李密菴即李模，王冀民《顧亭林詩箋釋》卷五《哭李侍御灌谿先生模》：「李模（一五九九—一六八〇）字子木，吴縣人。天啟乙丑（一六二五）成進士，後舉卓異，授河南道御史。福王立，知時事不可爲，稱病事父不出。明亡，里居三十餘年，自號灌谿居士，人稀得見。年八十二卒。《蘇州府志》有傳。」

灌谿又號密庵，居密庵舊築，中有芥閣，蒼雪讀徹所題，「須彌即芥子，芥子即須彌」之義。蒼雪《南來堂詩集》王培孫箋引《五畝園小志》云：「密庵舊築，在閶門後板廠，爲李侍御模宅。後圃内有桃隖草堂、芥閣諸勝。侍御見馬阮用事，引疾去。留都不守，遂改緇流裝，遯迹吴閶。没後吴人即其故居建祠奉香火，顔曰老和尚堂。」知其人篤信佛教，與遺民僧弘儲繼起、蒼雪讀徹等往來密切。

又《百城烟水》云：「密庵舊築，本蘇家園御史蘇懷愚所築，僅存樹石。爲李侍御模灌谿公宅。旁有庵曰能仁，元建。灌谿公《初掃密庵舊築》詩：『昔日深深意，今依幻住身。蓬蒿迷若醒，竹柏故猶新。卜得蜘蛛隱，居惟鐘磬鄰。掃苔迎古佛，竺國備遺民。』」

徐波《天池落木菴存詩》有《李灌溪侍御五十生日時已僧相》詩：「持身事事與僧同，暑月袈裟漸著風。兵火遽從殘夢出，窮愁已驗近詩工。放懷老驥歌聲外，遯跡獰龍鼻孔中。剃染便成耆舊相，餘年不歎鬢如蓬。」

黄宗羲《周子佩墓誌銘》：「吴門故爲清議所主，危言核論，不避公卿。東林顧、高之時，相與激揚者，忠介與文文肅、姚文毅，嗣之者爲徐勿齋、楊維門。鍾石畢變以後，子佩、俟齋、灌谿巍然晚出，雖糾奏寂寞，而冥頑闒茸之徒，未嘗不以利刃目之。」以吴門清議所主者爲三代，東林時，周順昌、文震孟、姚希孟爲第一代；復社時，徐汧、楊廷樞爲第二代；鼎革後，周茂蘭、徐枋、李模爲第三代，冥頑闒茸之輩畏之如利劍。

錢泳《履園叢話》卷一：「順治十六年，海寇作亂，蘇郡有駐防兵來守。將軍祖大壽圈封民居以爲駐防之所，號大營。兵自婁門至桃花塢寶城橋而止，獨不及後板廠一隅。緣後板廠有李灌溪模，曾任前明兵備，時祖公爲微員，有事當刑，幕友勸李解救。李適擲色，曰：『此人有福，當得全色。』一舉而得六紅，遂救之，得免，祖故以此報之也。」

歸莊《與葉方恒書》云：「寧人腹笥之富，文筆之妙，非弟一人私言，即灌老諸公皆擊節稱賞。」「灌老」李模。

顧炎武《哭李侍御灌谿先生模》云：「故國悲遺老，南邦憶羽儀。巡方先帝日，射策德陵時。落照辭烏府，秋風散赤墀。（君以崇禎十四年左遷南京國子監典籍。南渡復官，稱病不出。）行年逾八十，當世歷興衰。廉里居龔勝，緜山隱介推。清操侔白璧，直道叶朱絲。函杖天涯遠，杓衡歲序移。無繇承問訊，祇益歎差池。水没延州宅，山頽伍相祠。傳家唯疏草，累德有銘碑。灑涕瞻鄉社，論心切舊知。空餘歲寒誼，不敢負交期。」比之龔勝、介推。與周茂蘭皆長壽。

二鳥並棲終不相狎雌者翮齊薄暮颺去重疊前韻

縱横彳亍似連雞，終日同栖心未齊。但恐入淵沉不去，寧嫌出谷路猶迷。冲霄翼比支公鶴，送别詩慚處士妻。何必藏身多過計，那聞巢許買山谿。

自憐形影比山雞，照入池塘翮已齊。角雀有家原未足，求鳳無曲不相迷。流離豈敢輕吾偶，貧賤何曾見易妻。枉是春來樹封域，徒勞設險塹深谿。

【校】

第二首第七句，原作「莫爲微生」，點去，改爲「枉是春來」。

臨去殷如陳寶雞，一聲斷後莫相齊。舉頭煙霧偏難障，側目高低定弗迷。吉了自知中國鳥，羅敷不是使君妻。祇因羈旅非長策，赢得無心戀畫谿。

蘭市

香草離離也出山，祇因芳譽落人間。死生未判朝辭谷，水火交侵夜度關。采蘭入笮，先以火蒸之。樵客慣看成往事，歌姬乍遇輒開顔。紛紛狼籍風塵裏，一葉何曾帶露還。

題昭君出塞圖

番車寶馬擁天神，漢帝殊恩賜外臣。只爲單于能保塞，不憐絶代一佳人。

【校】

三四句原爲「只是單于稽顙至，難爲絶代一佳人」，點去改書。

題畫寄壽沈崑銅

上苑凋殘萬樹秋，采芳猶自逞風流。呑胡只是尋嘗事，草裹今看有白頭。

【箋】

沈崑銅見朱彝尊《明詩綜》卷七十六「沈士柱」條：「士柱字崑銅，蕪湖縣學生。有《土音集》。周穎侯云：『崑銅《故宫辭》思致綿邈，忠見乎辭。情懷悱怛，義形於色。得風人勸戒之旨，動人望古之思。』」

錢仲聯《清詩紀事初編·明遺民卷》録沈崑銅《絶筆三首》云：「三百年恩總未酬，宸居何意卧羈囚。先皇製就琉璃瓦，還與孤臣作枕頭。」「落日昭陽半作灰，寒鴉猶帶影飛來。上林無樹堪留宿，喚醒羈人夢一回。」「武英舊殿月輪西，哀哀朝臣待漏齊。十八人今無別夢，冬青枝上鷓鴣啼。」

鄧之誠《清詩紀事初編》：「《啟禎遺詩》載沈士柱《絶筆三首》云云。據此知十八人同囚于故宫，不識何案。宗羲《哭沈崑銅》詩作于順治十六年，首句『傳死傳生經二載』，士柱被難當在十四年。」

黄宗羲《南雷詩曆》卷一《哭沈崑銅》：「傳死傳生經二載，果然烈火燎黄琮。胸中畢竟難安帖，此世終於不可容。千里寒江負一紙，（甲午，崑銅有書招予，因循未赴。）百年隴上想孤松。（其身首未知得收否。）舊時日月湖邊路，（崑銅家有閣，在湖上。）詩酒于焉不再逢。」「高天厚地一蘧廬，君亦其間何所需。此曰黨人宜正法，彼云華士又加誅。盛名自古爲身累，大厦真思一木扶。月表有人留季漢，應知俗論不能糊。」「君才自是如江水海，上下吾曾與議論。紅葉湖頭流畫舫，春風白下叩名園。荊溪莫掩殘杯口，司馬難銷亡國魂。（崑銅有《遥祭阮大鋮》文。）此後是非誰管得，街談巷説任掀翻。（崑銅與劉孝則論周荊溪，至于攘臂，余解之方已。）」按，崑銅之死，似因《留都防亂公揭》驅逐阮大鋮，阮銜恨報復。

題吹篴美人圖

雲鬟半掠掩朱唇，疑是連昌宫裏人。依舊月高翻數曲，不知樓上有張巡。

友人惠倭添筆床

因君投良物，雜感便多端。楛矢東夷傳，刀環歐子看。用連茶竈静，色映墨池寒。袖裏春秋筆，閑來稍自安。

友人賦塔影園詩過訪次韻答之

空携一劍虎丘旁，却有閑情賦草堂。遥念澤蘭公子惡，正當叢桂小山香。寺人顛倒成衰漢，藩鎮從横釀晚唐。著就太玄投閣死，何如對菊且持觴。

哭楊曰補處士

道院過從二十年，白雲松樹尚依然。二株園裏青苔滿，閲盡滄桑到九泉。初從都門歸寓道院，相晤于徐文靖公二株園中，爲余作《白雲松樹圖》。

白下携家問故鄉，入山深處築東牆。梅花萬樹雲千頃，白日陰森滿淚裳。甲申秋，知喪亂將作，遂携家人入鄧尉山中。

京邑名流記昔遊，流離生死信沉浮。可憐耆舊今朝盡，何處相逢賦九秋。乙未春，鄆道生來虎丘問曰補尚在乎，曰補知道生至，亦曰道生尚在耶。是歲，道生即謝世。

桃花看遍野人家，明月山齋共煮茶。襆被五更連榻話，那知此後比天涯。今年二月十五夜，宿余山齋。

【箋】

楊曰補即楊補（一五九八——一六五七），字無補，一作曰補。徐枋《居易堂集》卷六有《楊隱君曰補六十壽序》：

余幼從先文靖公於京邸，凡賢士大夫以及文人處士之過從者，先文靖公必命余出見之，捧手侍立，以受長者之教，遂得識曰補楊先生云，蓋崇禎之庚午歲也。時余方九歲，從塾師受《論語》、《孝經》。塾師者，虞山趙端吾先生，趙文毅公之孫也。其人古人也，與先生善，故先生每過學舍，必與余師從容款語，道故舊移時乃去以爲常，余之識楊先生益稔矣。比二年壬申，先生南遷居金陵，先文靖公亦奉太孺人歸里。又五年爲丁丑，先生自金陵來弔太孺人之喪，先文靖公復命余出見先生。時余年十六，已補弟子員矣，居無何，別去。又五年爲壬午，先生復自金陵移家還吳，先文靖公亦休沐里第，相見益歡，余復從容從先文靖公以見先生。余已忝登賢書，年二十一歲，而且有子亦三歲矣。夫余年二十一歲，而識先生已十三年矣。嗟乎，俯仰十三年間，而時事之變遷已不可復問，而詎知不二年而即有甲申之變，又一年乙酉而復有南都之變乎？自余之初識先生，爲烈皇初祀，時稱太平，京都輦轂，風華文物，天下所聚，而尤尚風素，重儒雅，故先生以隱士居京師，聲名籍甚，著作一出，無不傳寫子山之詞賦，藏購陳遵之尺牘，薦紳先生及通侯貴戚折節交好，扶蓋接軫，何其盛也。不一二十年，而北顧蒼茫，神州陸沉矣，是豈意計之所及哉？初先生在都病瀕死，殆弗克濟，而先文靖公爲之營醫藥，視湯飲，調護甚至，病遂以閒。弘光時，權奸構黨禍，殺戮名賢，遂煽蜚語，染逮先文靖公，勢岌岌殆矣，親戚交遊畏禍觀望，而先生獨策蹇至金陵，語所知曰：「天下事可見矣，而尚欲殺大賢以快己私耶？」先生舊居金陵，金陵之名公貴人無非先生友者，故其言足重，而事亦尋已。金陵破，先文靖公死志已決，獨操小舠出閶門，就先生鄧尉山居，謀死所，周旋日夕，慷慨流連，惟先生是共，則先生與先文靖公之所以周旋於死生患難之間者爲何如哉。先文靖公殉節以死，余遂括髮亡命，望門投止，去吳門蓋遠矣，先生獨偵知其處，密寓書以唁余。余後爲邏者所得，自分必死，既展轉以歸，遂廬先文靖公之墓。時弔者絕跡，而先生獨炙雞絮酒束生芻以來，哭極哀，復執余手泣，泣良久乃已。余既不入城府，親故斷絶，而先生獨同其長君明遠時時顧余於土室中。一日促坐飲酒歡甚，時余師趙端吾先生復授兒子經，亦在座，二老友絮語生平，猥及少年之遊，燕私瑣屑，靡所不及，笑語方酣，而先生忽顧壁間詩低徊久之。壁間詩，雲間汪希伯先生作以哭先文靖公者也。汪希伯先生昔與先生同遊京師，亦以詩名重公卿間，先生俯仰今昔，感慨興懷，乃以箸擊案，自爲歌詩，而舉酒屬余曰：「人生聚散，寧可計乎？人生今日，旦夕莫必其命，今日之樂，誠難得也。」遂泣下，坐者皆泣，終不樂，罷去。自弘光乙酉至今丁酉，又十三年，先生壽登六十，余年且三十六，髮鬢亦半白矣。喪亂侵尋，老成凋謝，先文靖公之殉節亦已十三年，而余師趙先生及汪先生者又皆死，獨先生在耳。夫當烈皇全盛之時，固不虞有今日，而當申酉之際，所謂「旦夕莫必其命」者，又豈謂有今日哉？今日者先生以周甲稱慶，而余猶存視息，操辭以爲先生壽，亦非意計之所及也。先生神全得劭，其壽靡算，從此十年一舉觴，而余之操詞以進者，意必有異於今乎。

同書卷十二有《楊無補傳》：

楊無補名補，其先江西清江人也。父潤，始徙吳，遂爲吳人。少好讀書，家貧，工詩畫。其父素知醫，欲令以醫術爲生，弗屑也。時士大夫罕言詩，而畫學自沈周、文徵明，后不傳將二百年。無補顧以年少屈起閭巷，獨能兼之，見者驚歎！而無補意未愜，嘗曰：「吾將遍遊天下之名山大川，盡閲海内世家巨室之所秘藏，然後足以成吾學矣！」爲人孝謹，重然諾，行止無踰尺寸。閭里多重之，年二十四而父殁，又三年而母氏棄世，家益貧甚。既葬事已竣，乃辭墓而出。浮江淮、登泰岱，周旋齊魯之郊。遂北遊都門，登黄金臺。崇禎初，禮部尚書董其昌、徵君陳繼儒爲一代風流之冠，而文相國震孟、姚宫詹學士希孟負天下重望，皆以詩文推許無補，而呼爲小友。於是無補名重一時，傾動都下，館閣諸公無不與之爲友者，而與同里徐文靖公尤善云。貴陽楊文驄者，名士也，善書畫能詩，自負其才，遺忽一世，顧獨重無補。無補長七尺餘，貌羸秀，鬚髯髯然，風韻甚遠。善病，雖日遊諸公，意蕭然也。客都五年，南還，復登之罘觀海、游黄山、渡錢塘、上會稽，已而再遊都門，往來金陵、江都間。甲申五月，聞北都之變，遂歸吴門，隱居鄧尉山焉，時崇禎十七年也。南都再建，柄國諸公多舊遊，屢趣之一出，終不應。歎曰：「吾老矣。不幸遘此世變崩天之禍，震古所無。吾雖齊民，能無痛於心乎？且吾之所以足跡半天下，役役二十餘年者，意有以大吾之所學，而後出其所蓄積以與古人争衡，以藉其成於諸公。已矣，今不可復問矣。」遂泣下。時賊臣搆文靖公甚急，而楊文驄爲柄國者至親，官武部郎，貴用事，所言無不得當於柄國者。無補曰：「龍友不可言，可以絶交矣。」龍友，文驄字也，乃立起如金陵。語文驄曰：「天下以文章聲氣，推君垂三十年，天下之所以交重君者，以君能右善類附正人也。君於柄國者爲至親，君言無不得當者。天下莫不聞徐公負天下蒼生之望，天下方倚望之爲相，以佐大業。君居能言之地而不爲推轂，天下故失望。今事急，君固何以謝天下？」語未卒，文聰曰：「子責某是也。微子言，吾已謁之相君，此非相君意，尋當解耳。」於是即出金陵而歸。江南破，行被髮之令，無補於山中聞之，矍然起曰：「唉！徐公其死矣。」遂哭之。頃之，而文靖殉節訃果至。徐枋者，文靖公長子也，年二十餘。避亂隱居，無補雅重其人，遊處如兄弟，相得甚歡，而無補年已五十餘矣。每過其家，輒欣然引巵酒笑語終日，或時時涕泣，聲盡咽以爲常。嘗促坐飲酒甚樂，一二故人皆在坐，飲酒酣，無補四顧坐客，傍徨久之，因微吟曰：「將軍既下世，部曲亦罕存。」遂悲不能自勝。坐客以下皆哭泣，竟罷去。既而山中亂，復遷負郭窮巷，而非其意也。當是時，適有故交來官吴門，求見無補。無補不得已，而一入州府，心甚傷之，鬱鬱數年，遂以死，死時蓋年六十矣。初無補病，即自知不起，呼家人預屬家事，數語而已。既病篤，乃復召其子而命之曰：「吾交天下士多矣，今固未有如孝廉昭法者，即書畫小道，彼亦將繼數百年之絶業矣。蔡邕曰：『吾家書籍當盡與之，惟得所歸耳，徒藏無益也。』吾愧無藏書可以益孝廉者，所有畫本數十百幅，可盡歸之，可盡歸之，無忘吾言。」言已遂不復開口。其篤好人物如此，而其子亦能遵父遺言。卒以其家所藏盡歸孝廉。所謂孝廉昭法者，即徐文靖公長子枋也。其所作畫，暮年益進，其詩亦然，自選四百餘篇行於世。長子炤，與余善。贊曰：

「當國家全盛，無補以布衣薄遊都門，聲動輦轂下，衣冠懷之，唯恐在後，抑何盛也。昔人所稱通隱，殆無愧焉！」吾意其人和易長者也，乃遭世變亂，天下同流，顧以身入州府，畫然傷之，竟鬱鬱而死。嗟乎！有以也夫。

同書卷十七《五君子哀詩·故隱君楊叟補字曰補》：「昔有大布衣，詞場聊頓轡。詩卷留人間，磅礴蔚真氣。翰染青山色，筆寄滄州趣。憶登黄金臺，易水吊古渡。懷古有深情，悲風激辭賦。才名滿京華，嘉會同修禊。觀海之罘巔，乘潮浙江澨。胸襟盪淜湃，奇氣溢清製。乾坤忽翻覆，蒼茫哀北顧。帝京好風景，僅託豪與素。幽咽玉泉渾，慘淡天山鋭。甲申後隱君有《帝京十景图》及詩詠。亂後之心期，忘年金石契。浩歌痛生存，杯酒時酹地。雞鳴風雨交，形影同顧步。疏髯常拂耳，清風瀝然至。天骨瘦嶙峋，提攜恣游憩。謂余畫學成，俯仰空百世。豈獨拜老生，突兀存佳句。隱君亟賞余畫，贈詩云：『當使前賢畏，豈獨拜老生。』余畫今日上，斯人已云逝。與酣畫入神，往往横涕泗。斯人不可追，風雅終憔悴。」

徐文靖公，徐汧（一五九七—一六四五），見本集《北行别吾師徐勿齋先生》。二株園，典出《南史·陸慧曉傳》，慧曉與張融并宅，其間有池，池上有二株楊柳。何點歎曰：「此池便是醴泉，此木便是交讓。」又曰：「飲此水，則鄙吝之萌盡矣。」

乙未，即清順治十二年（一六五五）。是年，惲道生逝。

鄆道生即惲道生，惲向（一五六八—一六五五），原名本初，字道生、曙臣，號香山，武進人。惲南田之從父。

田園雜興和瞿伯申

小築名山事耦耕，犁星光氣屬東明。長松綰緑頭偏重，垂柳搓黃體漸輕。新學樵漁重結課，閑聽笳吹不關情。手牽牛角隨遊子，一路沿邨繞陌行。

野航紛出白公隄，滿載淋漓河水泥。漸見中田非故土，行看傍樹復成蹊。鵲巢甫就春將暮，魚網初沉月向西。偶自科頭磯上立，遊山客散過前谿。右春

山坡齊唱采茶歌，摘葉傷枝可奈何。莫惜花逢初夏少，須知竹比舊年多。尋香蛺蝶穿芳草，對浴鴛鴦没緑波。星下頗堪池上坐，免教燈火撲飛蛾。

乳燕雛鶯盡好音，纔收菜麥水田深。竹皮脱落方徵節，花瓣飄零但有心。隨例曬書當日午，避人屬草趁桑陰。朝霞定卜宵來雨，猶覺階前暑氣侵。右夏

星河杳隔事難知，耕織從來但詠詩。誰使蟲聲驚懶婦，偏將月色照歌兒。芙蓉作帳棲鴻暖，叢桂成山放鶴遲。最喜雨餘剛晚霽，稻花香氣入簾帷。

雨後風高景物疏，詞人登覽賦凌虚。功成紈扇居無地，序進香奩局有餘。稻薦黄雞將歲晚，花浮紫蟹恰霜初。郊原極目晴空裏，何處粼粼出我車。右秋

野人何事問天涯，但喜汙邪已滿車。夜裏蹲鴟煨宿火，曉傾蟹眼注秋茶。白雲出岫籠飛雪，黄葉辭林襯落霞。梅信未曾踰嶺北，膽瓶斜插水仙花。

力作三時幸不虚，朝來行樂且舒徐。紙窗晚對新蒭酒，釣舫宵供起蕩魚。擁絮劇譚前代事，挑燈重注讀殘書。江山此日應如舊，風敗霜催盡掃除。右冬

【箋】

瞿伯申名玄錫，常熟人。臨桂伯瞿式耜（起田、稼軒。一五九〇—一六五〇）長子。伯申生萬曆三十八年（一六一〇），崇禎十五年（一六四二）中舉。未仕於明。乃父殉難於桂林後二載，值順治九年（一六五二），伯申「從楚入江，逶迤五千餘里」，迎父母靈柩歸里。至順治十一年（一六五四）正月十五始得抵舍。詳見瞿果行《瞿式耜年譜》。

《錢牧齋雜著·牧齋外集》卷十六《明經顧云美妻陸氏墓誌銘》謂：稼軒有六子，長大成人者得其半。玄錫次弟玄銷生天啟七年（一六二七）。順治七年（一六五〇）離家萬里尋親，途次永安州，爲清兵所殺。幼弟玄鏡，生順治二年（一六四五），出側室孫氏。順治九年，隨遠道來桂林

迎父母靈柩之長兄攜之歸常熟。時生長於西南之玄鏡年纔八、九。甫抵里，即爲云美看中，許以幼女妻之。越八載，年逾八十之錢牧齋撰長文憶述此段不尋常之姻緣云：「留守相公瞿稼軒既殉國，其幼子玄鏡奉其骨歸自桂林。甲午正月至常熟，顧苓云美來弔，玄鏡從其兄擁杖出拜。云美問其兄，曰：『吾幼弟也。生長西南，今九年矣。』云美出，謂其表弟嚴武伯曰：『子爲我語瞿氏，以我女字玄鏡。』瞿氏諾之。云美告余曰：『苓以女字留守相公之幼子矣，夫子其謂我何？』余曰：『有是哉！昔天啟間，魏忠節公被急徵，過吴門，周忠介公入其舟相見，即以女字其孫。文文肅公稱之曰：『周景文真丈夫也，以女許人，不歸而謀諸婦。』余曰：『是亦可以觀其夫人也。』子爲文肅彌孫，氣骨酷似文肅。文肅有知，聞之而喜可知也。後六年己亥四月十日，云美之妻陸氏卒，越七日，云美之父處士君卒。云美居喪守禮，不寘姬侍，躬保護其女。服除，而玄鏡孤貧無倚，云美收爲贅壻。壬寅五月，吉安施偉長見玄鏡於云美之側，喜而告余。及秋，余過虎丘塔影園，云美出玄鏡拜牀下，摳衣奉手，目光射人。歸而詒書云美曰：『忠貞之後，僅存一綫。今得端人正士，以尊親爲師保。稼軒忠魂，亦稍慰於九京矣。』鄭重丁寧，泣數行下。」

康熙改元，瞿氏兄弟均改「玄」爲「元」。上及《瞿式耜年譜》稱元錫嘗任溧陽教諭。

《虞山畫誌》卷三上則載：「元鏡字端叔，忠宣幼子，諸生。善寫花鳥，兼篆刻。」知其亦岳丈門下之士也。

題割股卷

煮藥鐫肌事偶然，全憑心力格重玄。莫將一椀閑湯水，認作奇方到處傳。

丁酉除夕示故人

平生孤矢事，報罷十餘年。失路如羈客，無心繼往賢。已占龍尚蟄，猶喜鶴能還。穀賤傷農甚，江神笑有田。

每逢野老話，無過説桑麻。教養不材樹，經營五色瓜。漸看雞犬熟，稍覺鳳麟賒。猶有河干客，冬殘未到家。

終風吹落木，霜雪滿前谿。野燒蕭蘭并，冬田兔雉齊。破窻承日漏，殘局看棋低。寂寂衡門下，無勞鳳字題。

蘭已先春秀，梅當隔歲開。空齋自相友，長夜不須猜。將老愁爲種，能閑病是胎。莫愁前路遠，對酒且裴徊。

【箋】
丁酉，順治十四年（一六五七）。

戊戌初度

春光半至晝遲遲，流水桃花正此時。江表烽烟中歲起，湖南日月寸心知。晨昏定省同行役，風雨茶香伴坐馳。何事少陵難稱意，看雲杖策也相宜。

少年書劍頗從容，自喜門傳有素風。數亦奇哉空射虎，技將成矣實屠龍。蘭亭序寫人知老，石鼓詩箋車既工。生在開元天寶日，烟霞贏得滿山中。

【箋】
戊戌，順治十五年（一六五八）。云美生萬曆三十七年（一六〇九），是載逢其知天命之年。

訪徐昭法

傷心千古事，分手十三年。花散蘧蘧蝶，雲低點點鳶。況承多病後，恰是莫春前。剪燭頻教盡，牀頭又一編。

從來獨行傳，今且附忠臣。雞粒分孺子，牛衣裹麗人。竹梢將在轞，酒滓乍離巾。多少興亡恨，中宵仔細論。

君方釐舊史，我亦著潛夫。草木西京賦，禽蟲王會圖。龍歸池告語，帝醉石歌呼。不少悠悠者，夕陽尚遠塗。

山館瞻奎藻，幽人爲勒銘。海昏看落日，春半數中星。啼歇徒餘血，綃成尚帶腥。乾坤俱不朽，千古一茅亭。昭法爲余記松風寢。

【箋】

徐昭法即徐枋（一六二二—一六九四），字昭法，號俟齋。長洲（今蘇州）人。有《居易堂集》。《清史稿》卷五〇一本傳云：「徐枋，字昭法，長洲人。父汧，明少詹事，殉國難，事具《明史》。枋，崇禎壬午舉人。汧殉國時，枋欲從死，汧曰：『吾不可以不死，若長爲農夫以没世可也！』自是遁跡山中，布衣草履，終身不入城市。及游靈巖山，愛其曠遠，卜澗上居之，老焉。枋與宣城沈壽民、嘉興巢鳴盛，稱『海内三遺民』。枋書法孫過庭，畫宗巨然，間法倪、黄，自署秦餘山人。嘗寄靈芝一幀於王士禎，士禎與『金孝章畫梅』、『王玠右草書』作《齋中三詠》以記之。然性峻介，鍵户勿與人接。睢州湯斌巡撫江南，屏騶從，往訪之，枋避不見。斌登其堂，堅坐移晷，爲誦《白駒》之詩，周覽太息而去。川湖總督蔡毓榮自荆州致書求其畫，枋答書而返幣，竟不爲作。曰：『明府是殷荆州，吾薄顧長康不爲耳。』所往來惟沈壽民與萊陽姜垓、同里楊無咎、門人吴江潘耒及南嶽僧洪儲而已。家貧絶糧，耐饑寒，不受人一絲一粟。洪儲時其急而賙之，枋曰：『此世外清净食也。』無不受。豢一驢，通人意。日用間有所需，則以所作書畫卷置簏於驢背，驅之。驢獨行，及城闉而止，不闌入一步。見者爭趣之，曰：『高士驢至矣！』亟取卷，以日用所需物如其指，備而納諸簏，驢即負以返，以爲常。卒，年七十三。時商丘宋犖撫吴，枋預戒曰：『宋中丞甚知我，若我死，勿受其賻也。』犖果使人贈棺槥貲，如枋命終不受。卒，以貧不能葬。一日，有高士從武林來弔，請任窀穸，其人亦貧，而特工篆、隸，乃賃居郡中，鬻字以庀葬具，紙得百錢。積二年，乃克葬枋於青芝山下，而以羨歸其家。語之曰：『吾欲稱貸富家，懼先生吐之，故勞吾腕，知先生所心許也。』葬畢即去，不言名氏。或有識之者，曰：『此山陰戴易也！』」

按，傳中有贈王士禛畫芝事，昭法喜畫芝，集中《題畫芝》不止一首，不知贈士禛者所題爲何。《居易堂集》卷十一《題畫芝》云：「商山紫芝，節比采薇，離騷香草，芳同蘭蓀，此固幽人貞士之所寄託者也。余山居暇日，輒喜畫芝，竊自比於所南之畫蘭，墨瀋所成，香風可挹。或謂：『所南畫蘭不著地，而子比畫坡石，或此獨遜古人。』夫吾之所在，即乾净土也，何爲不可入畫乎？吾方笑所南之隘也。」知昭法贈畫之意。所題數語有「貞士」二字，近士禎之語倒，亦巧合也。徐枋父汧，云美之師。

昭法嘗爲顧苓記松風寢，其《居易堂集》卷八《顧氏松風寢記》一文載：「士君子生當明盛，相忘於太平之福，即城郭變遷，曾不足以經其懷抱。苟不幸而更喪亂，遇革除，即一草一木之微而事關故國，莫不動先生弓劍之思焉，而况於天書宸翰乎？故尺札等於天球，隻字珍於大貝，雖曰詞翰之良，亦時會使然也。吾蓋深有感於顧苓氏之松風寢也。顧氏世著江東，自典午渡江，家聲軼乎王謝。厥後約六代以迄皇明，代多偉人，若苓之高祖太僕公某，於世宗朝爲諫官，建言廷杖，以直節顯。四傳而至苓，而克大厥緒，益振家聲。當弘光時，以明經廷對，既膺上第，而南都陷，弘光帝遜去，同舉者或言當再觀變以圖去就，苓竟拂衣出，重繭而歸，且行且哭曰：『吾不忍以祖父清白之身事二姓也。』既得抵里，遂隱居虎丘山麓，奉烈皇御書『松風』二字以顔其寢室，名之曰『松風寢』，息偃其中，不交世事，若將終身焉。苓之言曰：『吾寢於斯，食於斯，而出入瞻仰於斯，以無刻不覲吾先皇之耿光也。先師不云乎「歲寒然後知松柏之後凋」，則吾所不違咫尺者，庶幾有以自勉，而終身無忘乎故君可也。徐子盍爲我記之。』徐枋曰：『諾。』昔李膺風裁峻整，天下楷模，人目之如謖謖勁松下風，言其非花月穠鮮之所可比也。又虎丘迫近城郭，故自古之隱居者鮮處焉，而何求獨能避世於此，以棲遯終，斯二者固史册之所美談也。

苓今將兼而有之乎？非所謂東南之美而隱不違親者耶？枋固願苓之峻節如李膺，而潛德不遂於何求也。若華陽隱居，生平最愛松風，所居庭院多植松，然身爲齊室舊臣，而興言符命，以邀梁祖，其爲松風也愧苓遠矣。而枋更有感也。宋道君以無道亡國，生降沙漠，而奎藻秋風，猶博思陵之一慟。若吾先皇之殉社稷，千古爲烈，而遺墨僅得託於野人楣柱之間。嗟乎，悲夫，此苓之所以昕夕低徊也。」

舅氏文曲轅先生自北郊來同山中步月

晴郊度陌復踰阡，到得茅齋欲莫天。柳乍垂隄渾是黛，荷才出水未成錢。空庭不覺人蕭瑟，坦步何妨風冷然。慚愧同心余舅氏，十年一共漱山泉。

【箋】

文曲轅即文柟（一五九六—一六六七），見《千里集·一笠菴限韻爲文端文先生》。文柟與文秉、文乘同輩（名皆從木旁），故稱舅氏。

過嚴司馬先生小楞伽

便可稱山長，何妨壞色衣。泉通井底出，雲繞屋檐飛。鳥椓非時磬，蝸延白板扉。掃除惟一室，門外駐斜暉。

【箋】

嚴司馬指常熟人嚴栻，字子張。文靖之孫，中書澤次子。《(康熙)常熟縣志》卷十八《邑人》小傳有云：「少通内典。五十外，勵志參究。構小楞伽静室於祖塋之側，禪燈梵筴，不知有户外。嗣法於費隱容大師。」文震孟以女妻栻，生嚴熊。彭紹昇《居士傳》卷四十亦有傳。

《塔影園集》卷一《文公子傳》：「先是，公子姊丈兵部主事嚴栻于乙酉六月起兵常熟，不克，棄去。國寶疑两人共事，招主事書曰：『君來任公子則生之。』主事至，國寶與言所以任公子者，辭不與聞，公子亦堅請死，遂以是月二十六日被殺，年二十九。」

《塔影園集》卷一《東澗遺老錢公别傳》：「會安西將軍李定國以永曆六年七月克復桂林，承制以蠟書命公及前兵部主事嚴栻聯絡東南，公乃日夜結客，運籌部勒，而定國師還。」

送隣僧之惠山

比屋經年別，那堪更遠遊。莫貪泉水好，不爲故山留。

分題楊曰補畫册二幅

氣肅秋原樹不齊，寒泉汩汩瀉瀼西。江南明月流歌板，塞北淒風入馬蹄。一夜新愁縈枕簟，六朝舊恨滿山谿。偶然獨自尋詩句，平楚斜陽兩袖低。

春花秋葉兩凋殘，獨有高峰伴歲寒。鶴去遼東家信絶，龍歸滄海寄書難。横拖竹杖泉頭立，豎起眉梢物外觀。曾記富陽江上過，白雲深處一漁竿。

【箋】

楊曰補：見本集《哭楊曰補處士》。

徐枋也對楊氏之畫大加讚賞，其《居易堂集》卷十一《題楊曰補畫册》云：「昔人善作小景，其意遠，其神全，其景物深厚，妙處每在筆墨之外，故雖尺幅之微，而能令觀者移情也。近代畫家，罕有得其意者。頃見楊曰補先生所遺《聞機上人畫册》，而始歎其不可及也。余於夏間亦作《鄧尉十景》爲萬峰和尚壽，邀曰老共賞之。曰老畏暑不能過從，及秋而曰老逝矣。余將誰與證此者，余雖終生不復作畫可也。」

過曲轅先生北郊野築

偶來窻下坐，古色滿庭除。瀦水通江月，回風動石魚。庭下盆池名洞庭賒月，又有古石鯨。百年三寸樹，七葉一家書。門外松杉影，蕭蕭護草廬。

朝隨漁艇出，莫逐牧牛歸。心自量虛實，與誰論是非。荒郊何必遠，流水不須肥。別後相望處，雲中立翠微。

【箋】

曲轅先生見本集《舅氏文曲轅先生自北郊來同山中步月》。

「七叶」，《塔影園集》卷一《武英殿中書舍人致仕文公行狀》：「七世祖定聰，于武昌侍高皇帝爲散騎舍人，贅浙江，生惠，惠自浙江來占籍長洲，生成化乙酉舉人淶水教諭洪，洪生成化壬辰進士温州知府林，林生翰林院待詔徵明，世所稱衡山先生者也。徵明生國子監博士彭，彭生衛輝府同知元發，元發生禮部尚書、東閣大學士文肅公震孟及公。」所謂七叶指文氏占籍長洲自惠至震孟、震亨爲七代。

長夏感懷

曲院深沉近翠微，湘簾半捲雨霏霏。蛾因背暗寧投火，蜂欲留香故忍餓。草木有情傾日下，江湖無路不東歸。史家舊將偏蹉跌，乞貸終應心事違。

【校】

第七句原作「思明舊將偏蹉跌」，點去「思明」二字，改「史家」。

頻年多病少將迎，未免詩篇尚有情。傅粉薰香蝴蝶夢，嘲風弄月蟪蛄聲。傳聞烽火通青海，佇看雲霞起赤城。莫怪誅求歌舞盡，夷光曾見越來兵。

【箋】

史家舊將當指史可法舊部。

題畫寄故人

月落寒江上，青簑短蔽身。風波昏黑裏，貪著弄絲綸。

新秋納涼鴻雪亭有感

市厭囂塵山杳冥，過從只自向郊坰。秋來鶴舞分教就，日落荷嬌客未醒。寶軸參差星氣紫，湘簾摇曳晚峰青。無端憶着清瑶嶼，一樣池塘浸小庭。是日出所藏唐人《二十六宿真形圖》見示。

【箋】

《二十六宿真形圖》似爲梁代张僧繇畫《五星二十八宿真形圖》，真跡後逸，今存唐人梁令瓚摹本。《萱暉堂書畫録》：「云美嘗見真本于茅子鴻許，故云。」當爲此事。清瑶嶼，見前，爲文震孟故居藥圃内讀書處。後歸姜埰。

秋雨

秋氣煙霄外，山亭風雨更。驅除萍聚散，鼓舞草從横。鈴按開元曲，蟲穿病已名。佳人空絶代，無復會傾城。

西風一夕雨，月色五更涼。洗研新添水，薰衣曉試香。蘆花遥慘澹，鷙鳥漸猖狂。征戍知何處，裁成未寄將。

咏宣銅香爐

小物先皇澤，閑情自討求。貢金徵有夏，辨器記成周。粉頰啼將破，酥胸撫不留。紙窻烘日暖，几上紫雲浮。

雪中有攜鶴見過者一宿而去

扁舟載鶴門前過，雪裹停橈問翠微。知我入林成小築，得君開籠便如歸。羽翰零亂梅花落，指爪紛紜竹葉稀。但是五更清唳徹，空勞赤壁賦南飛。

寒林小院才通徑，誰挈仙禽擇主人。不少鳳麟俱失路，肯隨雞犬共逃秦。池塘弄影玄裳敝，叢薄投身朱頂新。慚媿賦詩重送客，難添雙口爲家貧。

同友人登山看雪即事

同雲已散北風回，獨有西山色未開。萬頃蒙茸愁貼地，千林摇落歎長材。最宜紅袖當窻立，莫怪旃裘喝道來。曉日三竿渾照盡，依然峰領舊蒼苔。

夜雪客至附訊陳默菴相公

名山秉燭夜探奇，狹巷聞聲犬吠籬。影合冰池侵杖屨，光摇玉樹照鬚眉。瓦盆煨芋將分客，石鼎烹泉更待誰。歸報相公添一語，并州丘壑自逶遲。

【箋】

陳默菴即陳洪謐（一六〇〇——一六六八），字龍甫，號默菴。福建晉江人。崇禎四年（一六三一）進士，任蘇州知府。《國榷》卷一〇四載：「弘光元年（一六四五），陳洪謐爲太僕寺少卿。」《塔影園集》卷一《文公子傳》：「趙生隨孫某入福京，公子具表，自陳世受國恩，將糾結草澤應援之師狀，上相國黄道周、陳洪謐書，趣王師西征。」姜垓《流覽堂補遺·贈陳太守默庵》：「煙波蕩漾接江村，江上逸人安可論。豈曰登堂有孺子，自然下榻是陳蕃。清隨侣鶴高風至，幽比孤琴鄉日存。半席華堂雲片片，悲君心似望柴門。」

歲莫懷二友

二友者，一爲南昌萬六吉，字次謙。甲申三月，余將入燕，道阻返轍，遇之淄河逆旅，俱至揚州。是冬，再晤南都。明年五月，約同舟出亡，事急，各散去。後拜兵科給事中，近聞歸里，卒牖下矣。一爲張起，字將子。崇禎中同李廉州，廣東破，蹈海不死，走行在，爲吏科給事中。再陷，投繯死，已而復甦，更走行在。近聞道病卒。余于二友存亡異域，出處同心，惆悵歲寒，各吟二絶。

山東路上同回馭，揚子津頭説翠華。頃刻鍾英還散盡，將星落地夕陽斜。甲申三月，次謙别于揚州。爲余言望氣者云將有翠華南幸之事。將星謂高興平。

天南一旅重開國，諫草傳來日月邊。書過雁飛不到處，無端説向聖人前。

淵源家學越來谿，年少風流共品題。半寸青田鐫小字，雲山一幅出深閨。將子如君能畫，每乞余刻私記。

筮仕天南日正長，寧知國破與家亡。雖經蹈海身還在，何處零丁遂斷腸。

【箋】

萬六吉，見本集《廣陵别萬次謙》。

張將子，陳去病《王石脂》：「（史）弱翁玄與張將子甚善，嘗有《山居》詩一章贈之。」

序中「甲申三月，余將入燕，道阻返轍，遇之淄河逆旅，俱至揚州」之語，此爲云美北行之旅。甲申即一六四四年。

題畫秋葵

黄花一樣綻秋林，輸却東籬占好音。試看日光不到處，居然獨自擁丹心。

蘇臺懷古

可憐國破日，猶是報讎人。運盡亭臺出，色荒歌舞新。父兄空戰越，子弟奮誅秦。風俗鱄諸巷，還呈輕俠身。

來往靈巖路，雲山屬雉闉。祠荒經幾代，廟貌尚逋臣。日出神鴉散，曲終鬼火淪。千年亡國恨，直得一佳人。

斷髮文身地，繇來俗未馴。别開歌舞院，偏貯會稽人。澗草自遲莫，山花誰惜春。英雄末路盡，野老石湖濱。

【箋】

蘇臺即姑蘇臺，位於蘇州。徐崧、張大純《百城煙水》卷二《吴縣》·姑蘇山》條：「一名姑胥山，一名姑餘，在横山西北。古姑蘇臺在其上，至今人稱胥臺山。」下引元人吴師道（一二八三—一三四四）《題姑蘇臺》詩：「百花洲上姑蘇臺，吴王宴時花正開。半空盡燭西子醉，三更鐵甲東門來。吴波渺渺吴山簇，不見嬌顰倚闌曲。丹楓月落怨啼鳥，碧草東風驚走鹿。闔閭丘墓相連處，應恨夫差迷不誤。斷指千年血未乾，遊魂夜哭臺前路。」許謙《題姑蘇臺》：「姑蘇城上姑蘇臺，青山百里峨嵋開。平郊如意思清遠，昔人樂極曾生哀。大仇未復敵不死，壯志消磨侈心移。會稽捷甲功自多，種蠡深謀誠未已。不知佳治能傾國，暮暮朝朝醉春色。勛臣抉眼視東門，越女還爲越人得。只今興廢總成空，惟餘碧草摇淒風。可憐千古臺前水，不洗當年甬東恥。」

甲午至戊戌雲陽草堂存藁

【箋】

甲午，順治十一年（一六五四）。戊戌，順治十五年（一六五八）。以上諸詩爲云美入清十年之後之作品，反映此階段之隱居生活。雲陽草堂，在塔影園内。則《卜居下集》中作，當晚於《斜陽集》，今不便割裂《卜居集》，姑如此排列。

斜陽集

序

京邑淪胥，南雍卒業。逆旗出楚，方瑣願以衡文；胡騎飲江，尚臨門而試士。旻天不弔，六轡蒙塵。于是杖策歸家，丸泥窒户。旃裘載道，耳目之所不營；戎馬方殷，微尚于焉頓盡。天下方鬭而魯士絃歌，世變已非而仲生樂志。良有以也，豈得已哉！

五月十一日步出都門

盈庭執咎拒王敦，司馬無心鎖北門。碧浪不知沉異類，翠華何處問中原。恥云蕩子懷家計，恐作遺民負國恩。回首鐘山揮淚去，幾時重得拜陵園。

鍾山屯戍散春雲，南北旌旗江海分。千里垂簾依舊弼，三更驅馬勞將軍。已同潰卒隨流水，遥望郇居趁落曛。豈有深情堪一往，奈何頻喚自紛紜。

【校】

「異類」，原作「虜騎」，點去重書。

【箋】

此二首談及「五月十一日」事，可參談遷《國榷》卷一〇四「弘光元年五月壬辰（十一日）」：「皇太后昧爽赴馬士英家。士英以四百騎出通濟門。守者不令出，欲殺守者，乃出之。其家衆俱戎飾以從。」

又，計六奇《明季南略》卷四第一六〇條：「十一日壬辰，黎明。錢謙益肩輿過馬士英家。門庭紛然。良久，士英出，小帽快鞋，上馬衣，向錢一拱手云『詫異，詫異！我有老母，不得隨君殉國矣。』即上馬，後隨婦女多人，皆上馬妝束，出城至孝陵，詭裝其母爲太后，召守陵黔兵自衛。黔兵亦半逃。平旦，百姓見宮門不守，宮女亂奔，始知君、相俱遯去，驚惶無措，遂亂擁入内宫搶掠，御用物件遺落滿街。一時文武逃遁隱竄，各不相顧。洗去門上封示，男女衆湧出城，有出而復返。少頃，忻城伯趙之龍出示安民，有『此土已致大清國大帥』之語，閉各城門以待清兵。」

與萬年少雜詩

江上西風鬼夜吟，五湖波浪兩沉沉。將無爲子悲歧路，未必他人知此心。驚起鴛鴦初出水，歸來松竹尚成林。莫言離合中間事，筆墨於今孰淺深。

小窻竹樹獨依然，晴雨朝陰帶夕煙。入室助君紛畫理，揮毫令我得詩篇。悠悠湖海三秋夢，渺渺江山萬里天。回首不知何處是，明月幾度上漁船。

東南烽火照錢塘，湖上風波正渺茫。晴日就窻摹粉黛，寒宵剪燭寫瀟湘。但存竹樹堪招隱，雖有蛾眉不鬬妝。寂寂自憐還自笑，莫從吾輩問行藏。

【箋】

萬壽祺（一六〇三—一六五三），字年少，又字介若、内景。江南徐州人。崇禎三年（一六三〇）舉人，五上公車不第。清兵下江南後，與沈自炳、錢邦芑、戴之儁起兵陳湖。事敗被執，得人陰救之。獲釋，隱於僧，自號沙門慧壽。有《隰西草堂詩文集》行世。

《清史稿·遺逸傳》：「萬壽祺，字介若，世稱年少先生。徐州人。……南都破，江以南義師雲起。沈自炳、戴之儁、錢邦芑起陳湖，黄家瑞、陳子龍起泖，吴昜起笠澤，皆與會師，謀恢復。兵潰，壽祺被執，不屈，將及難，有陰救之者，囚繫月餘，得脱。乃渡江歸隱，築室浦西，妻徐、子睿，灌園以自給。髡首被僧衣，自稱明志道人、沙門慧壽，而飲酒食肉如故。時渡江而南，訪知舊，弔故壘。遺民故老過淮陰者，亦輒造草堂，流連歌哭，或淹留旬月。雖隱居，固未嘗一日忘世也。

順治九年，卒。壽祺善詩、文、書、畫，旁及琴、劍、棋、曲、雕刻、刺繡，亦靡弗工妙。爾梅論有明一代書，推爲第一。著有《隰西草堂集》。」

弘光元年秋，年少有《遠問顧云美》詩，載《隰西草堂詩集》卷三：「揺落商秋客鴈涼，折荷霜重卜深塘。坐從瓠子歌聲上，行到芙蓉湖氣荒。別國人家誰遠近，感時天際識蒼茫。闔閭城内西風滿，柿葉應齊高士牀。」

順治九年（一六五〇），年少訪云美於蘇州虎丘塔影園，撰《游顧氏塔影園記》。五月歸里，旋卒，得年五十。《隰西草堂文集》卷一《游顧氏塔影園記》：

虎丘塔寺西十步有橋焉，曰望山。射瀆之水出焉，東流入於婁水。橋南二十步，車不方軌，三折而西有園焉，曰塔影，故上林録事文氏宅。委巷圭門，循廊右轉，一望皆菘畦瓜疃，池沚委蛇，廊窮得堂。堂臨池，春風澹蕩，秋日澄瀾。倚岸北矚，塔影正垂東北隅。鈴聲上下，若出波際，魚龍紛沓。行喬柯巉石間，遊者解襟嘯詠，終夕忘去。堂之右有齋一楹，口成野。後有寢，曰松風，烈宗皇帝書。齋南，左瞰池，右爲亭，曰照懷。池東接一眉廊，再折爲倚竹山房。臨山房而望之，有岡焉，曰小東。岡之徑臨池可渡者，架石焉，曰鶴梁。縱廣三畝，周規折矩，面與背相望，豁然而開，窈然以合，不可窮際。歲在戊子，太原顧苓攜妻子來居之。南渡乙酉，苓以經明行修貢於朝。未幾，海内大亂，苓以文氏甥，向氣節，不入城市，來隱於此，名曰塔影園。閉户著書，伏臘輒入松風寢。春秋佳夕，策杖登虎阜，望雲氣拜跪以爲常。壬辰春，陽西壽道人至吴郡，聞虎丘有園，問之則顧氏。顧苓是道人十年前故人，所謂云美者也。嗟乎！自烈宗以至南渡，海内戰争，今又數歲矣。故舊凋落，園田易姓，不知其幾何。而此園遂歸顧氏，以比柴桑栗里，意愴然哀之，因退而書其事於行脚紀。

羅振玉《萬年少（壽祺）先生年譜》「順治九年壬辰五十歲」條：「春，至吴郡游顧處士苓塔影園，作游記。」

題撲胡美人圖

吴苑花殘甚，悠悠思美人。好凴紈扇力，奪得上林春。

端陽寄吴幼洪

何必風流減謝公，微聞賭墅略相同。王師震動江山阻，臣節盤桓江海通。俯仰有懷髀裏肉，往來不及上林鴻。去年封事侵時宰，此日榴花詔獄中。

【箋】

吴幼洪見《千里集·出稚公詩文示幼洪》。

哭文應符舅氏

人生七尺事已了，他日興亡不必知。或者張巡能厲鬼，總之南八是男兒。流星此夜當蕭寺，三曜明朝並一時。弱子壯妻吾輩在，九原長笑莫相思。

成敗英雄那自繇，家門内外總名流。祇今相國無慚色，從古將軍有斷頭。血肉尚須投浄地，文章又欲計千秋。知君眼會觀兵入，不敢高懸在市樓。

【箋】

文應符見《千里集·將游盱江留别文應符舅氏》。

「弱子壯妻吾輩在」，文乘妻周氏，爲周順昌女。計六奇《明季南略》卷四云：「妻周氏，周順昌之女，亦殉其旁。」誤，周氏未殉。黄宗羲《周子佩墓志銘》：「迎妹歸家，撫孤成立。」正此處所謂「弱子壯妻吾輩在」。柴德賡謂或文乘死未有殉者，或殉者另有他妾，非妻周氏。另參張乢東《文乘之子》（《中國文化》二〇二〇年春季號，總第五十一期），考文乘有二子。

第一首「流星此夜」二句、第二首「知君眼會」二句，《塔影園集》卷一《文公子傳》：「死之日，過其甥顧苓家，與妻子訣，飲食如平時。懸首閶門，越一日猶視。國寶從城外來，望見，惡之，函送主事以斂。死之日，流星墜所陳尸寺中。」

第二首「祇今相國」，指文震孟；「從古將軍」，指文天祥。

此首作於順治三年丙戌（一六四六）。

與黃子羽雜詩

今日居山者，多非似昨年，畏人須避地，出郭不同天。竹裏行空碧，松間泛石川。好尋支遁跡，神駿尚依然。入山

此際身閑甚，病能當卧遊。余曾消九夏，君且度三秋。月落秦川迥，風通楚澤流。羅幃青竹簟，亦得自悠悠。卧疾

得失斯無累，去來亦有涯。荒畦宜古寺，高樹豈人家。主簿山前月，滕王閣上霞。一身俱是客，千載聽啼鴉。捨宅

棄家國難後，歸去海之濱。未必逃禪者，真爲出世人。有身依子女，無地不君臣。病榻聽消息，想過約早春。歸婁

【箋】

黃子羽，名翼聖。錢謙益《有學集》卷三十一《黃子羽墓誌銘》：「子羽姓黃氏，名翼聖，子羽其字

也。世家常熟之塗松里，弘治中，割隸太仓。萬曆己丑進士參政陝西諱元勳者，其考也。崇禎中，以諸生應聘，起家蜀新都知縣，陞安吉州知州，致政以歸者，其歷官也。爲人孝友順祥，自牧若處女，居官扞難揞事，以廉辦聞，歸而修香光之業，自號蓮蘂居士，吉祥善逝者，其生平也。卒于己亥十月八日，春秋六十有四，其所享年也。葬于奏圩祖塋，啟兆而合祔者，太原文肅公之孫女，其令妻也。瑜，子也。侃，孫也。曇，曾孫也。嫁于楊而寡，依其父學佛者，其女若也。爲詩清新有雅思，序而定之者，徐元歎也。師資游好，垂四十年，作《蓮蘂居士傳》，凡數千言，既而刊繁去華，撮略爲銘，以庇其子若孫者，老友虞山錢謙益也。」

王培孫校輯《南來堂詩集》卷一《遲黄子羽看梅不至》注引《太倉州志》：「黄翼聖字子羽，少雋異，眉目如刻畫，舉止謦欬，秀絶人表。崇禎十一年以薦授四川新都縣令。時賊躪楚蜀名城，望風奔潰。新都素殘破，聞賊至，争走匿。翼聖積薪拒縣門，誓死守，城得全。陞安吉知州。尋，棄官隱，名所居曰蓮蕊栖。翼聖性蕭閒，絶喜山水，工五言詩，人稱如么絃哀玉，自有天韻。郡人徐波刻其遺集。」同注又引《居士傳》：「黄子羽名翼聖，太倉人。素服雲棲之教，與妻王氏，精修净業。崇禎中，以薦起爲四川新都知縣，嘗飯僧縣堂，躬行匕箸，繼以膜拜。張獻忠寇四川，過新都。子羽率民，城守新都，千僧感子羽之德，相率登城，擊鼓稱佛號，夜中其聲震天，賊尋引去。以城守功，遷知吉安州。明亡棄官，歸印溪，所居樓曰蓮蕊樓，自號蓮蕊居士。營齋奉佛，日持佛號數萬。已而卧疾，浹月自制終令，四壁張彌陀像，請晦山顯公授菩薩戒。語顯公曰：『吾神明愈健，誓願愈堅，自信生西方必矣。』明晨，顯公將别去，刻八日必行，已而果然，年六十四。」

晤梅惠連

見即添愁緒，何堪説往還。薄寒天雨絮，落日客歸山。異地終當别，同心只是閒。夢魂多少事，應悔啟藿關。

【箋】

《湖廣通志》卷五十八：「梅之熉，字惠連，少司馬國正子。明末亂起，棄襲廕，散家財，歸隱囊山爲僧，别號槁木，以著述自娱。」

《四庫全書總目》卷三十「春秋類存目」有《春秋因是》三十卷：「明梅之熉撰。之熉字惠連，麻城人。」

送惠連

尚念縈妻子，身能成父兄。誅茅隨野火，開户向朝晴。吴月應非古，湘流終弗清。勞勞千里路，總是一浮萍。

【箋】

見同集《晤梅惠連》。

懷知詩 有序

歲云暮矣，索處愀然。楊柳方枯，飄摇未落；河水將合，紛下流澌。曳有長裾，悵朱門以尚遠；髮皆上指，悲壯士之不還。昔也知交，今成傷逝；兼之戚友，伊我思存。或盡職當官，有懷不貳；或端居自獻，永矢弗諼；或募衆嬰城，力窮殉難；或諸生起義，事僨捐軀。加以誼本淵源，譜同蘭蕙，戚聯姻婭，世講通家。平生之歡好如斯，今日之慘傷至此。苟非木石，能無感慨于心；倘有鬼神，不作和平之聽。

陸大行鯤庭

三鳳分飛各一天，一人守舍一逃禪。忠魂仿佛堂堦裏，正氣昭回日月邊。鹿鹿朝班纔幾度，英英史策自千年。西湖歲莫斜陽下，多少相思只惘然。

【箋】

見《卜居集·陸鯤庭招集爲余撤藥設茗賦謝》。

顧錢塘漢石

第一皇恩下玉京，莫嫌晚達亦公卿。禮經始信繇兹出，名士須能重此生。遂與湖山留宦蹟，豈徒詩酒憶交情。間關萬里還傳檄，應有人知是弟兄。

【箋】

《明詩綜》卷七十五《詩話》「郭符甲」條：「顧漢石懸首錢塘，六月無蠅。郭輔伯戰死海澨，五百人尸糜爛，而四體不腐。忠義之足以感天地萬物也。」

顧漢石即顧咸建，《明史》卷二七六有傳，略云：「咸建，字漢石，崑山人，大學士鼎臣曾孫也。崇禎十六年（一六四三）進士。授錢塘知縣，有惠政。南都失守，出私財迎犒，兵乃不入城，民得相安。時監司及郡縣長吏皆逋竄，咸建散遣妻子，獨守官不去。尋被執，死之。」咸建爲咸正弟，又爲張異度婿，《塔影園集》卷一《處士張綏子傳》即記綏子爲咸建妻弟，傳中記杭州失守，咸建從容引去，清兵逮綏子，逼咸建出，遂死之，惟未云「懸首城頭」事。談遷《棗林雜俎·仁集》亦記「豫王追殺之，梟武林門」。兄咸正及其二子，後坐吴勝兆反正案亦死之。咸建子豈娶云美次妹。見云美《先處士府君行狀》。

徐學士勿齋先生

夜半蕭蕭雪滿庭，小窻燈火自青熒。近因芳躅形當世，致有讒言疑獨醒。堪笑朝中營貝錦，最羞郊外泣新亭。牀頭細語頻回首，此後無緣再執經。

【箋】

計六奇《明季南略》卷四第二〇七條《長洲徐汧沉虎丘後溪》：「徐汧，字九一，號勿齋，長洲人。崇禎元年戊辰進士，改庶吉士，授簡討，累遷右春坊右庶子。庚辰，分考禮闈。辛巳，奉差南歸，尋丁憂。南京建國，起詹事府少詹事兼翰林院侍讀學士。公知事不可爲，不之官。乙酉閏六月，清兵至，下令薙髮，公誓不屈辱，曰：『以此不屈膝、不被髮之身，見先帝于地下。』遂自沈于虎丘後溪死。」批云：「附記，公聞薙令至，痛恨，方巾駕小舟游虎丘，坐於舟首，先以足入水濯之，舟子不之疑，公忽投入水而死。自己已之難，公從都中寄書故人曰：『明天子在上，知萬萬無虞。然事勢危急，即有不可知，惟以一死報君父。』甲申之變，公方里居，號慟欲絕。是年，烈皇聖誕，感激賦詩四章，言言血淚。自題畫像曰：『汧乎，而忘甲申三月十九日事耶？而受先皇厚恩，待以師臣之禮，而子枋、柯，以稺子一登賢書、一食廩餼，尺寸皆先皇賜也。而不能斷腸納肝以殉國難，復不能請纓枕戈以雪國耻，而息偃在牀，何爲者耶？義當寢苫，罪當席藁。存此寢苫、席藁之心，以教誨爾子，庶幾其勉于大義，毋若厥父之偷惰負恩也。』蓋公忠義出于天性，捐軀報國，其志然也。公少就學于兄養淳，養淳爲陳文莊妹婿，因得見公文，奇之，曰：『吾里中乃有湯若士。』後公在翰林，每向人述文莊言，有知己之感。公長子孝廉枋，自公没後，杜門不入城市。」

侯通政廣成

炯炯睛光豈遂泯，不爲厲鬼即明神。除官每以親辭禄，臨難仍將身許人。有後在能成父子，及門咸自識君臣。山中珍重題碑字，莫道文章可並論。

【箋】

《明史》卷二七七本傳云：

侯峒曾，字豫瞻，嘉定縣人。給事中震暘子也。天啟五年成進士，授南京武選司主事，丁父憂。

崇禎七年入都。兵部尚書張鳳翼薦爲職方郎中，峒曾力辭，乃改南京文選司主事。由稽勳郎中遷江西提學參議。……遷廣東副使，不赴。起浙江右參政，分守嘉、湖。漕卒擊傷秀水知縣李向中，峒曾請於撫按，捕戮首惡，部内肅然。吏部尚書鄭三俊舉天下賢能監司五人，峒曾與焉。召爲順天府丞，未赴而京師陷。

福王時，用爲左通政，辭不就。及南京覆，州縣多起兵自保。嘉定士民推峒曾爲倡，偕里人黄淳耀、張錫眉、董用圓、馬元調、唐全昌、夏雲蛟等誓死固守。大清兵來攻，峒曾乞師於吴淞總兵官吴志葵。志葵遣遊擊蔡祥以七百人來赴，一戰失利，束甲遁，外援遂絶，城中矢石俱盡。七月三日大雨，城隅崩，架巨木支之。明日雨益甚，城大崩，大清兵入。峒曾拜家廟，挈二子元演、元潔並沈於池。錫眉、用圓、元調、全昌、雲蛟皆死之。錫眉、用圓皆舉人。用圓官秀水教諭。元調、全昌、雲蛟並諸生。其時聚衆城守而死者有江陰閻應元、崑山朱集璜之屬。

峒曾（號廣成）爲「嘉定三屠」中重要人物。二子元演、元潔（本名玄演、玄潔）從父死，幼子玄瀞連夜出逃隱於僧寺。周絢隆《易代》可參看。

李中翰存我

贈答相逢賦國殤，瓶花古帖共徜羊。争看纖手朝研露，豈料鈎心夜試霜。象齒鐫名成往事，魚箋題字未能忘。夢回聽得華亭鶴，疑是忠魂繞石牀。

【箋】

見《卜居集・李存我中翰示余九歌圖並小楷余亦以粲書九歌索》。

「象齒鐫名」爲云美替存我刻章，「魚箋題字」則存我爲云美作書。王應奎《柳南續筆》卷三《李存我書》：「雲間李待問，字存我，工書法，自許出董宗伯上。凡里中寺院有宗伯題額者，李輒另書，以列其旁，欲以示己之勝董也。宗伯聞而往觀之，曰：『書果佳，但有殺氣，恐不得死耳！』後李果以起義陣亡，宗伯洵具眼矣。又宗伯以存我之書若留於後世，必致掩己之名，乃陰使人以重價收買，得即焚之。故李書至今日殊不多見矣。」陳寅恪《柳如是別傳》認爲柳如是書法受李存我影响。

吴秀才次尾

名士虚聲廿載中，秋槐詩句幾人同。得君爲洗江南恨，無子將令冀北空。虎阜畫船當日事，吴山霜葉往年風。莫嫌国破家俱盡，溧水金沙一樣空。

【箋】

見《卜居集・吴次尾招集知坐有女郎賦謝》。

文公子應符舅氏

緑野堂中但有兄，每慚似舅竟無甥。春宵連榻曾留句，西市過門尚寄聲。歌舞□時爲氣盡，文章七葉又知名。而今西出閶門去，不復要離墓下行。

【箋】

見本集《哭文應符舅氏》。

張大司馬玉笥先生

不負先皇請室恩，棲遲兩載自紛綸。三吴去後思當日，四海于今絶異言。天上婺光疑隱現，谿流花浪聽潺湲。中郎消息知何在，別有交情拭淚痕。

【箋】

張玉笥，即張國維，見《明史》卷二七六本傳：「張國維，字玉笥，東陽人。天啟二年進士。授番禺知縣。崇禎元年擢刑科給事中，劾罷副都御史楊所修、御史田景新，皆魏忠賢黨也。已，陳時政五事……請平刑罰，溥膏澤。帝不能盡用。進禮科都給事中。京師地震，規弊政甚切，遷太常少卿。七年擢右僉都御史，巡撫應天、安慶等十府。其冬，流賊犯桐城，官軍覆没。國維方壯年，一夕鬚髮頓白。……國維爲人寬厚，得士大夫心。屬郡災傷，輒爲請命。築太湖、繁昌二城，建蘇州九里石塘及平望内外塘、長洲至和等塘，修松江捍海堤，濬鎮江及江陰漕渠，並有成績。遷工部右侍郎兼右僉都御史，總理河道。歲大旱，漕流涸，國維濬諸水以通漕。山東饑，振活窮民無算。十四年夏，山東盜起，改兵部右侍郎兼督淮、徐、臨、通四鎮兵，護漕運。大盜李青山衆數萬，據梁山濼，遣其黨分據韓莊等八閘，運道爲梗。周延儒赴召北上，青山謁之，言率衆護漕，非亂也。延儒許言於朝，授以職。而青山竟截漕舟，大焚掠，迫臨清。國維合所部兵擊降之，獻俘於朝，磔諸市。兵部尚書陳新甲下獄，帝召國維代之。乃定戰守賞罰格，列上嚴世職，酌推陞、愼咨題等七事，帝皆報可。會開封陷，河北震動，條防河數策，帝亦納之。十六年四月，我大清兵入畿輔，國維檄趙光抃拒螺山，八總兵之師皆潰。言者詆國維，乃解職，尋下獄。帝念其治河功，得釋。召對中左門，復故官，兼右僉都御史，馳赴江南、浙江督練兵輸餉諸務。出都十日而都城陷。福王召令協理戎政。尋敍山東討賊功，加太子太保，廕錦衣僉事。吏部尚書徐石麒去位，眾議歸國維。馬士英不用，用張捷。國維乃乞省親歸。南都覆，踰月，潞王監國於杭州，不數日出降。閏六月，國維朝魯王於台州，請王監國。即日移駐紹興，進國維少傅兼太子太傅、兵部尚書、武英殿大學士，督師江上。總兵官方國安亦自金華至。馬士英素善國安，匿其軍中，請入朝。國維劾其十大罪，乃不敢入。連復富陽、於潛，樹木城緣江要害，聯合國安及王之仁、鄭遵謙、熊汝霖、孫嘉績、錢肅樂諸營，爲持久計。順治三年五月，國安等諸軍乏餉潰，王走台州航海，國維亦還守東陽。六月知勢不可支，作絶命詞三章，赴水死，年五十有二。」

又見《明詩綜》卷七十四。

王御史仙聲

吴趨十載未通名，冰雪秦淮意始傾。萬里論文約棋子，三衢執法殉書生。瀫谿帶怒灘流急，柯嶺縈愁雲氣横。自是男兒當報國，不須重説振家聲。

【箋】

王仙聲，見《卜居集·送王仙聲主滇南試》。

又，《明史》卷二七六：「王景亮，字武侯，吴江人。崇禎末登進士。仕福王爲中書舍人。唐王立，擢御史，巡撫全、衢二府，兼視學政。……衢州破……景亮自縊死。」然《明季南略》卷六第二七一條記：「總兵張鵬翼守衢州。標下副將秦應科等爲清内應，城破，鵬翼及樂安王、楚王、晉平王皆被殺。督學御史王景亮被執，不屈遇害。」

中峰開講寄蒼雪上人

人間名教有窮時，出世歸依略在斯。處士籃輿來入社，逸民短髮自歌詩。魚游石澗衢水上，鳥舞松林掠葉低。但聽支公通一義，共驚才藻發新奇。

【箋】

蒼雪上人，讀徹字見曉，又字蒼雪，號南來，雲南呈貢趙氏子，幼落髮于妙湛寺。居吴中峰講寺。有《南來堂詩集》四卷、《補編》四卷、《附録》四卷。吴偉業稱「詩中第一，不徒僧中第一」。

錢謙益《有學集》卷三十六《蒼雪法師塔銘》：「萬曆中，蒼雪法師自滇適吴，得法巢、雨，爲雪浪之元孫，一燈再焰。人謂滇南萬里，邈若天外，兩師代興，交光繼照，豈非華嚴法界中分身接踵，乘願輪而至者耶？師自號蒼雪，又自號南來，非偶然也。師滇省呈貢趙氏子，父碧潭，爲都講僧。母楊氏，幼從雞足山水月道人爲沙彌，管書記。年十九，慨然遠遊，孤笻萬里，印楞嚴于天衣，受十戒于雲棲，受滿分戒于古心律師。聞雪浪晚棲望亭，往參焉。浪没，巢松浸開講甘露寺，師年廿餘，古貌稜然，敝衣下坐。除夕奮筆呈詩，大衆驚異。依一雨潤于鐵山，與汰如河師，并爲入室弟子。雪浪之後，巢講雨筆，各擅其長，二師殆兼有之，諸方所謂巢、雨、蒼、汰者也。師謂《華嚴》一經，經王法海，非精研《疏鈔》，不能涉其津涯，窮其奥穾，遂與河師住華山，師住中峰，一歲兩期，踐更周遭。東南法席，于斯爲盛。……示化寶華，實丙申閏五月廿二日，世壽七十。」按，師傳次第如下：雪浪洪恩—巢松慧浸、一雨通潤—汰如明河、蒼雪讀徹。巢、雨極相善，巢講雨筆；汰、蒼二師又極相善，而講筆兼有之。

吴偉業《梅村詩話》：「蒼公年老有廢疾，然好談詩。以壬辰臘月過草堂……是夜風雪大作，師語音傖重，撼動四壁，痰動喉間，咯咯有聲，已，呼茶復話，不爲倦。漏下三鼓，得數十篇，視階下雪深二尺矣。當其得意，軒眉抵掌，慷慨擊案。自謂生平于此證入不二法門，禪機詩學，總一參悟。其詩蒼深清老，沈著痛快，當爲詩中第一，不徒僧中第一也。」

王士禛《池北偶談》：「南來蒼雪法師，居吴之中峰，嘗夜誦《楞嚴》，月明如水，忽語侍者，庭心有萬歷大錢一枚，可往檢取。視之果然。師貫穿教典，尤以詩名。」

鄧之誠《清詩紀事初編》：「釋讀徹，雲南呈貢趙氏子。幼落髮于妙湛寺，年十九，入吴受法諸高僧，奉通潤爲師，繼主中峰，善講華嚴。尤工詩。卒于順治十三年，年六十九。事具錢謙益撰《蒼雪大師塔銘》。著《南來堂集》，有雲南刻本四卷。近王培孫以康熙十七年陸汾所輯，及顧茂倫選刻殘本，校其異同，爲《補編》四卷、《附録》四卷，而後乙酉弘光元年以後之詩始備。猶惜未得其書啟序跋。培孫復爲之注，采摭甚勤，微嫌辭費。通潤好學能詩，故讀徹詩學益進，吴偉業稱爲『蒼深清老，沈著痛快，當爲詩中第一，不徒僧中第一。』蓋賞其無浮辭，亦不作禪語也……全祖望直目爲僧中遺老。是時玉琳、道忞被特徵爲王者師，禮部行文取天下高僧二十餘人入直萬善殿，讀徹獨不與，可謂遠于勢利者也。」通潤，指一雨通潤。

孫静庵《明遺民録》：「長于文學，其胸中憤懣不平之氣，一發諸詩。漁洋先生論近代釋子詩，推讀徹爲第一。嘗見其《金陵懷古》一首云云。傷心亡國之音，令人不忍卒讀矣。」

陳去病《五石脂》：「歷游江南，住華山，與董思白、陳眉公諸老前輩交。嘗受一雨禪師衣鉢，重興支遁道場，聲名藉甚。著有《南來堂集》。有《金陵懷古》云云。詞特淒切。示寂後，吴梅村弔以詩云：『説法中峰語句真，滄桑閲盡剩閑身。宗風實處都成教，慧業通來不礙塵。白社老應空世相，青山我自笑詩人。縱教落得江南夢，萬樹梅花孰比鄰。』其見重如此。」

丙戌除夕次園公舅氏韻

神仙消壯志，佛法學無情。所貴求難得，何嫌道屢更。梅開南照近，雞唱曉風迎。爲憶山中侶，經年自耦耕。

【箋】

丙戌即一六四六年，清順治三年，文乘該年爲土國寶所殺。

輪庵和尚，名同揆。明相國文文肅弟啟美第三子。少爲諸生，名果，字園公。王士禛《居易録》卷二十二引尤侗《奏對備忘録跋》：「鼎革之後，棄家出遊，足跡殆遍天下。晚至滇南，從事戎幕，臨陣幾爲礮傷，於是翻然，薙髮參禪，受莂於退翁。」

錢仲聯《清詩記事・釋道卷》載：「同揆字輪庵，本姓文，名果，江南吴縣人。雲南大理文殊寺僧。有《寒溪詩集》。沈德潛《國朝詩别裁集》：『輪菴，文中翰啟美之子，文肅公猶子也。滄桑俊逃于禪。所爲詩皆人倫日用盛衰興廢之感。墨名儒行，斯人有焉。』孫静菴《明遺民録》：『輪菴和尚，名同揆，吴縣人，相國文文肅弟震亨之子也。少爲諸生，名果，字園公。明亡，祝髮爲浮屠，常住雲南大理府。所著有《寒溪集》，記明末軼事甚多。』」

程穆衡原箋，楊學沆補注《吴梅村詩集箋注》卷六《贈文園公》：「君家丞相人中龍，屈申時會風雲空。廬陵忠孝兩賢繼，侍詔聲名累葉同。致主絲綸三月罷，傳家翰墨八分工。汝父翩翩相公弟，辭場跌宕酣聲伎。才大非關書畫傳，門高不屑公卿貴。老向長安作布衣，主知特達金門戲。先帝齋居好鼓琴，相如召入賜黄金。大絃張急宫聲亂，識是君王宵旰心。爲君既難臣亦苦，龜山東望思宗魯。左徒憔悴放江潭，忠愛惓惓不忘楚。可惜吾家有逐臣，曲終哀怨無人補。欲談治道將琴諫，審音先取宫商辨。怡神玉几澹無爲，雲門樂作南薰殿。君臣朋友盡和平，四海熙熙致清晏。聖主聞聲念舊臣，名家絶藝嗟稱善。歸來卧疾五湖雲，垂死干戈夢故君。緑綺暗塵書卷在，脊令原上戴顒墳。雍門歌罷平陵曲，報韓子弟幾湛族。竺塢祠堂鬼火紅，閶門池館蒼鼯宿。汝念先人供奉恩，抱琴長向荒江哭。誰將妙蹟享千金，後人餒死空山麓。與君五世通中表，相國同朝悲宿草。尋山結伴筍輿游，汝父平生與我好。看君才調擅丹青，畫舫相逢説死生。君不見信國悲歌青史裏，古來猶子重家聲。」

顧苓《塔影園集》卷一《武英殿中書舍人致仕文公行狀》，爲文震亨所作，云：「弘光元年五月，南都既陷。六月，略地至蘇州。武英殿中書舍人致仕文公，辟地陽澄湖濱，嘔血數日卒。幼子果既長，謀葬公於東郊之新阡，屬公之彌甥顧苓具狀，以請銘于當世大人先生。……元配王氏，故徵君王百穀先生女孫，生子東，郡諸生。側室生子果，能詩畫，世其家學云。」按，據《文氏族譜續集》，啟美共三子，長子杲早夭，次子東不器，季子果能繼家聲。

據國家圖書館文氏所藏《資治通鑒》頁上題跋，文果又稱超揆、玄揆、井庵、亮一道人。

《文氏族譜續集》云：「園公公果，中翰叔子。配翁氏。子二人：軾、轍。轍，監生，配俞氏，合例節婦，絶。公後爲僧，名超揆，號輪庵，年七十卒於京。予謚文覺禪師，賜葬玉泉山。」

《五燈全書》卷八十六「北京玉泉輪庵揆禪師」云：「姑蘇文文肅相國猶子也。母夢老僧投胎而生，幼慕空宗，舉家學道。年十七，以白衣參退翁儲於靈巖。……從此執侍巾瓶，五易涼燠，於庚寅冬，直受菩薩戒。後以奸人構訟破家，載筆戎幕。隆冬，獵賀蘭山下，抬頭見雪嶺，如銀鋪世界，胸次礙膺之物，廓爾冰釋。儲將順世，遥(記)[寄]以偈。再一年，于武昌軍次剃染出世，住越州大能仁寺，再住云南文殊寺，還寓靈巖。……聖駕東巡幸山。被特旨召入長安。初住玉泉山普陀寺，再移入澄心園古華嚴寺。」

據此知文果生於崇禎二年(一六二九),與錢遵王、錢孫愛同庚。年十七,「以白衣參退翁儲於靈巖」,正是順治二年乙酉(一六四五),知爲避禍;弘儲即退翁,蘇州靈巖寺方丈,著名遺民僧人。明年(順治三年丙戌,一六四六)除夕之夜,顧苓寫下此詩。後文果遇「奸人構訟破家」,又「載筆戎幕」,中年出家。

黄宗羲《吾悔集》收《輪庵禪師語録序》云:「輪庵禪師爲相國文公之從子,中翰啟美先生之次子,出則爲靈巖退翁之法嗣。歲庚申,開法於越之能仁寺,冬十月,余相見話舊。」庚申,爲康熙十九年(一六八〇)。輪庵五十二歲。又云:「余與輪庵遭逢患難,以野葛爲肴饌,輪庵從湯池鐵城中轉身扶摇而上,余皓首龐眉,叨叨於過去之間,感慨繫之,無乃爲輪庵所笑乎?」述其從幕征戰事,尚無譏諷意。

《(民國)吴縣誌》卷七十七「列傳釋道一」引《畫徵録》云:「輪庵,法名超揆,俗姓文名果,中翰震亨子,文肅公侄。父殁家落,走京師,佐戎幕,定逆得官,不仕,旋薙髮。善詩文筆劄,工畫山水,寫平生遊歷之名山異境,别開生面,不落時蹊。康熙南巡迎駕,招入京,恩賚優渥,年七十餘示寂,賜塔玉泉山,予謚文覺禪師,異數也。」則上引吴梅村詩,未見其晚年事。順世後康熙予謚文覺禪師,賜葬玉泉山,與順治間前輩憨璞聰、玉林琇、木陳忞同爲「覺」字輩,以國師視之。

嚴熊《嚴白雲詩集》卷二十有《吳門呈輪庵和尚二首》，作於康熙二十三年甲子（一六八四），詩云：「雲水僧歸故里，江湖客未登程。驀地相逢無語，新詩且供閑評。」「相見丹楓黄菊，俄看細柳新蒲。石火何堪把翫，當機認取真吾。」「細柳新蒲」用木陳忞事，木陳未入宫前爲遺民僧，深於故國之思。文果少嚴熊三歲，然爲嚴熊舅氏，熊「真吾」、「假吾」之語，無寬貸意。云美此詩次文果韻，文果丙戌年十八歲，詩中「神仙」、「佛法」云云，文果似曾於佛道二家間摇擺。

丁亥元日立春

僻處雖無曆，王春萬物知。幾年成有道，四海紀明時。草色分青白。禽聲聽合離。勞人千里外，努力副心期。

【箋】

丁亥即一六四七年，清順治四年，南明永曆元年。此首背景參上首。

齋前藤花

移根山澗著牆東，樹杪層層上幾重。有客敲門看新緑，無人掃地惜殘紅。石邊竹影侵蝴蝶，簾外香煙誤蜜蜂。草本也知將是夏，發揮顏色待南風。

夕陽影裏垂垂正，曉月簾前串串斜。九十日中承雨露，兩三年内共煙霞。撰成屋下山林色，敵得人間當貴花。最喜晚來無客到，一編詩卷一杯茶。

樹頭花滿花非樹，古石青苔近小軒。冉冉紫雲天際起，絲絲紅露日中繁。對之容易渾忘世，有此無難深閉門。恰是晚晴風又暖，支頤獨坐到黄昏。

羅薜依墻不自繇，何妨攀附最高頭。將雛亂燕穿叢出，尋友啼鶯入蔓留。似有歌聲當隔浦，誰家舞袖倚危樓。三春已盡晴光在，莫漫隨風逐港流。

客爲余作幽居圖賦詩其上依韻和之

春來幽事足，一雨緑加深。生計看芳草，交情託竹林。壯夫依駿馬，處士狎鳴禽。所好從吾近，居然共此心。

宇宙于今窄，猶餘一室寬。朝晴花覺暖，夜雨石知寒。依晦閑居服，如盲小樣冠。千年端委地，原自古荆蠻。

國破羞名士，人亡念典刑。周身無寶劍，誤我是傳經。不解聞雞舞，非緑夢鹿醒。藤花如舊發，碉户已長扃。

落落千秋事，悠悠得幾人。庭除半畝地，晴雨一園春。薇蕨欣然飽，松筠即未貧。圖成置丘壑，詩畫想前身。

再賦前韻

軒亭隨巷陋，感慨與時深。忠孝歸黄土，英雄出緑林。江邊非姓屈，柳下不名禽。只作閑圖畫，誰人共此心。

嚴阿非必好，祇是碩人寬。不共蘇秦學，寧同范叔寒。墻邊生鳳尾，石罅種雞冠。莫笑蜉蝣羽，雍容勝觸蠻。

每嗟塵世事，山木自相刑。放鶴先留記，種魚亦有經。侵晨看霧墮，中夜待天醒。澤壑原非固，柴門何必扃。

年來多服馬，巷裏少居人。研水朝朝浪，瓶花日日春。戕生因自試，輕世恃能貧。瓦屋三間小，相安魚鳥身。

即　事

流芳遺臭總千秋，直得穹廬一纍囚。十載交情絶處見，兩年生計死中求。已知子不能亡楚，可有姬真肯墮樓。此去孝陵雲裏過，莫將烏帕緊蒙頭。

一代文章定在兹，寧知降表值斯時。若當裴度平淮日，必有宗元小雅詩。象到焚身非是賄，雞先斷尾亦終炊。匆匆莫便投書閣，鼎足君房也素癡。

【箋】

二詩當爲牧齋作。

端陽日客折雜卉見遺

芳草盈盈寄好音，祇緣令節一相尋。瓶無水注空懸膽，花有葵傾始見心。竹簟波紋通楚夢，籜冠雲影聽南琴。鮮魚入口誇肥美，爲睹盤飧念釜鬵。

仲夏閒居

羽毛早歲生千里，肝膽經年守一隈。率土君臣看蟻鬬，投林夫婦聽鳩催。山陰谿裏迴舟去，大夏門前盤馬來。何似幅巾嘗不出，雨風寒暑自徘徊。

忽聽新蟬噪緑槐，不知食粟更無猜。此身只似深井里，人事何如銅雀臺。量力閉門安草木，含羞汲水注瓶罍。祇園遺教難收拾，豪氣原來未盡裁。

齊物先應齊死生，虎狼未免笑無情。興亡何可遥爲計，忠孝誰能浪得名。葉欲長成經雨碎，衣難脱盡與時更。三年莫問宜男草，書幌香□桃簟輕。

學得殘碑寫九歌，苔痕雨跡自摩挲。所慚未讀書難盡，頗怪曾交友已多。青出竹梢先去籜，黄來梅子漸辭柯。物情不是偏忘本，較量人情隔幾何。

河上嵯峨望首陽，江干一葉釣臺旁。十年轍跡今妖夢，千里雲濤古大荒。豈有文章成著述，漫云玩好鮮收藏。雨餘草色芟還緑，但是纖紅泣晚裝。

午夜疏簾細雨中，青燈慘澹酒杯空。撫膺往事真難盡，捫腹時宜似未通。庭樹已同烏鼠穴，土牆不及馬牛風。古今小隱人皆好，何必南山問所終。

楚友就婚吴地因憶舊遊賦贈

身當避地能增累，人所難時始見才。雨後鳩居容易借，春深燕壘偶然來。銅缸水静廂前立，芹菜盤升殿上迴。禮樂煙雲都散盡，可留柏影覆蒼苔。

與姜如須代晤因念萊陽故人

十年師友萊陽縣，三載兵戈揚子津。豈有南枝留北羽，稍於淺水隱深鱗。蜃樓早共忠魂散，海市今看戰血新。門内各懷千里絡，遥遥山左隔微塵。

【箋】

姜垓（一六一四—一六五三），字如須，山東萊陽人，姜埰弟。

《明史》卷二五八《姜埰專》附載：「垓，字如須，崇禎十三年進士。授行人。埰下獄，垓盡力營護。後聞鄉邑破，父殉難，一門死者二十餘人。垓請代兄繫獄，釋埰歸葬，不許。即日奔喪，奉母南走蘇州。初，垓爲行人，見署中題名碑，崔呈秀、阮大鋮與魏大中並列，立拜疏請去二人名。及大鋮得志，滋欲殺垓甚。垓乃變姓名，逃之寧波。國亡乃解。」

云美與姜氏有姻親關係。《塔影園集》卷一《前文林郎兵科右給事吴君行狀》謂吴幼洪娶申氏，生一女，卒，贈孺人。再娶顧氏，即云美之妹，封孺人，生四子三女。四子爲瞻、説、諶、誦，云美外甥。第四子吴誦，禮科給事中建言廷杖山東姜埰，遣戍寓吴，以女字之。

贈　客　令兄客閩海。

行藏窮變兩飛鴻，蹤跡煙霄雨雪中，豈是鼎鐺分蜀魏，不堪瓦屋住西東。月乘秋水光新漲，澤受南風氣漸通。有出有居當世事，杜門亦自與君同。

題豳風圖　八月斷壺。

家園勤理莫荒蕪，草蔓難除秋可圖。苦葉自非瓜瓞種，弱枝甯任斧斨誅。江湖浮去身分處，漿水盛來子盡刳。共喜高懸當市肆，曾偷日月此中娛。

秋風細雨夜沉沉，試厲鉛刀入上林。寧計剖開何所用，却羞繫處不成陰。青門無復俾遺種，宗廟爭看獻八音。莫作等閑詩句讀，維新王業異斟尋。

華仲通購得先世海月圖索賦

四海茫茫夜正長，波濤吞吐弄晴光。誰將筆墨徵宵夢，致令縹緗驗所藏。每有公侯能復始，祇因離亂易存亡。人間得失何堪問，一紙煙雲去住忙。

【箋】

華時亨，字仲通，室號劍光閣。江南無錫人。

錢謙益《有學集》卷十九《華仲通詩文集序》載：

左丘明身爲國史，受經於仲尼。而孔子之稱丘明，則亦曰「左丘明恥之，丘亦恥之。」希風竊比，津津然如欲踵附其後塵者，何哉？余少學《左氏春秋》，長而始知之。蓋吾夫子以匹夫庶士，考正國史，刊正君臣華夏之大經大法，其文微、其義隱、其詞危，言高旨遠，至于游、夏不能贊一詞，丘明獨奮筆而爲之傳，廣記而備言之，示勸戒，正褒貶，發凡起例，具文特書。使《春秋》大義，炳日星而沛江河者，丘明之力也。子言之，志在《春秋》，行在《孝經》。曾子、丘明，豈非仲尼之二輔乎？知我罪我，周身辟害，歷秦度漢，始著竹帛。以是故，孔子之於丘明，不正明其著述本意，而姑以重言亦恥，表著其生平，殆亦定、哀之微詞也與？

梁溪華仲通爲高忠憲公高足弟子，忠憲壹行，蔚爲醇儒，忠憲殁而仲通之言立。爲詩文，博通雄健，發揚蹈厲，以言乎君君臣臣、父父子子、華華夏夏、天人古今之間，如列符券，如懸鏡鑑，胸有成文，借書于手，志氣菴塞，涕淚沾漬，非以翰墨爲勳勣、詞賦爲君子也。杜預之論《左氏》，四曰盡而不污，直書其事，五曰懲惡而勸善，求名而亡，欲蓋而章。仲通著作之意，庶有在于斯乎？西方不遐，微管可作。端門之命，上下達天，感麟之書，下不墜地。丘明失明，厥有《國語》，仲通喪明，斯文繼作。千百世而下，以爲無目而能視者，此兩人也，其又何傷？

忠憲公昔者吾友也，昌明正學，完節全歸。考《春秋》于昭代，忠憲則素王之宗子也，爲忠憲之素臣者，微仲通其誰與歸？斯言也，非余一人之言，而天下之公言也。

黄容《明遺民録》卷九《華氏傳》：「華時亨，字仲通，無錫人，父守吾。時亨學於高忠憲，忠憲被急徵，先期刺知之。忠憲整衣冠，依彭咸遺則，仲通相之也。奄黨詰責漏洩，詔旨甚厲，人咸指目。監司素重之，竟不問。忠憲既没，仲通褒衣大帶，自命東林弟子。文文肅、倪文正諸公交口薦揚，門弟子日益進。并邑遷改，介居野哭。著《春秋法鑒録》，箋注《易書》、《三禮》。其書滿家。甲乙以後，蜚語連染，命在漏刻，仲通口講指畫，著書不輟。曰：『吾向者分握三寸管，從忠憲於地下，今遲之二十年矣。』仲通介特自愛，豁達好施予，患難相死，德不望報。嘗之紹興，過故人關司理，道聞王生冤，扼腕白之司理，屬其牒平反。仲通繙閲案牘，甫削稿竟，顧茫茫然，目因是失明。亂後兩遘大獄，卒以瞽免。」

索瓶菊

聞説籬邊花晚香，不隨小草出東墻。幽人獨坐渾無賴，乞得枝頭一朵黄。

徐太君輓詩

若向人間繫望思，揚波海上立多時。兒孫生死誰能料，家國興亡毋所知。心共還雲才自散，□隨落葉可相期。會看紫鳳銜書近，密報穹□紛亂離。

【箋】

徐太君当爲吴幼洪母親。《吴梅村全集》卷三十八有《吴母徐太夫人七十序》。

寄梅惠連

當年著述真無用，往日離憂亦偶然。千里歸家放生產，一身負國託枯禪。鳶飛墮水經霜葉，鷹飽颺空薄暮煙。寂寂杜門將歲盡，遐心爲賦白駒篇。

【箋】

見本集《晤梅惠連》。

華仲通重繪松谿釣隱圖索賦

桐江淮水兩漁磯，千古功名孰是非。難説逢時分鐵券，不如没世被蓑衣。規撫前輩寧無謂，流落人間有所歸。他日谿邊徵物色，此中先得認依稀。

【箋】

見本集《華仲通購得先世海月圖索賦》。

按，仲通目盲不知何時事。《明季南略》卷四第一九六條《武進許生》「順治三年丙戌八月，鄉試近期，舟車雲集」，有許生行止可疑，逮問則未薙髮者，連他人，「無錫諸生華時亨，字仲通，亦有名。蘇撫土國寶逮至，見時亨雙瞽，釋之」。

又，《明季北略》卷二第五十一條《高攀龍》「都御史高攀龍糾劾貪污御史崔呈秀」，觸上怒，遣緹騎捉拿。「無錫庠士華時亨，字仲通，會元拱芳之侄也。時官旂已至蘇州，尚未開讀，時亨密聞之，即報於公，公遂赴園池死。而旂尉以顔佩韋等事過期不至，衆疑時亨誤逼大臣，咸慮之。俄而緹騎果至，始服時亨聲氣之廣，名遂大著」。則仲通雖盲，耳目甚廣。

初冬月夜

白日關門不草玄，黄昏散步出亭前。煙迎暮色依林表，霧逐寒光到檻前。星斗横斜天象遠，金鉦歷亂土風遷。誰家少婦高樓上，獨對疏簾卸翠鈿。

重上樓臺望夕陽，獨存松竹未調傷。暗迷遠近徒延佇，光湧東南正渺茫。鶴唳三更初警露，雁飛千里共懷霜。陰晴不料明朝事，買酒何防典鷫鸘。

雨後西風卷濕雲，枝頭殘葉漸紛紜。乍驚水荇交横徧，遥念關山幾處分。燈火紙窗殊向背，爐灰香霧自慇勤。終宵不寐依牆立，日暮塗長□伍員。

夢裏聞雞夜未央，投林弄影繞迴廊。閑捫肌骨偏宜冷，静對須眉頗自揚。衰柳似嫌宵露重，飄桐不厭北風凉。誰人日觀峰頭上，望見東君出射狼。

文彦可先生爲余畫陸放翁閉門詩黄子羽因賦二詩見贈次韻答之

中原曾睹舊繁華，斂跡江南媿永嘉。一日何妨聊種竹，經年無過爲看花。灰寒誰肯頻添火，水冷應知可試茶。冰雪自携寧避俗，著書端不望成家。

蕭然俯仰一閑身，几榻參差不染塵。林下有風能掃石，門前多露畏沾巾。山頭人紙看難了，畫裏尋詩意更新。獨坐較書經歲月，也堪閱盡古今人。

【箋】

文從簡（一五七四—一六四八）字彦可，號枕烟樵者，湖廣衡山人，隸籍長洲。文徵明曾孫，文嘉孫，文元善子。崇禎十三年（一六四〇年）拔貢，國亡後以書畫自娱。子文柟。《御定佩文齋書畫譜》卷四十四云：「文從簡字彦可，元善之書法，北海最得其神，遲暮始膺，歲薦需次，待選不就歸。」

黄子羽見《卜居集·送安吉州刺史黄子羽赴任》。

弘光乙酉五月至戊子秘圖齋存藁

【箋】

弘光乙酉即清順治二年（一六四五），戊子即清順治五年（一六四八）。

塔影園詩集

【箋】

本集所收皆作于入清之後移居虎丘塔影園時。當日相與往還者，仍以舊交爲多；新交則不過黄晉良、何蓉庵等三數人，亦遺民儔侶之流。

無題送吴佩遠

天上星辰若可捫，身無采翼撞天門。金盤靈墜珠長冷，雪窖煙生玉不温。水面流螢空照影，花須粉蝶實離魂。當年七夕河邊語，鸚鵡窗前莫再論。

香噴金猊燭影紅，黄昏有約畫樓東。熟看爾雅江南蠏，細認琉璃窗北風。廿五年來猶可待，萬重山去杳難通。當時八馬真神駿，往返瑶池類轉蓬。

【校】

第一首末句「再論」原作「論心」，於韵不叶，從華東師大本改。

【箋】

吴祖錫（一六一六—一六七七）字佩遠，號稆田。吴江人。父昌時（?—一六四三），復社創辦人之一。崇禎七年進士。後投靠周延儒，涉把持朝政，爲崇禎所殺。佩遠妻徐汧長女，稱徐枋爲内弟，二人交至深，「爲肺腑戚，稱兄弟，俯仰五十年」，一毕生不入城市，一破家以抗清，有居者行者之不同。昌時由復社入朝，攀附周延儒，掀起政治巨浪，黄裳《鴛湖曲箋证》述之最詳。然其子爲人誠篤，抗清矢志不渝，即徐枋所謂爲父雪汙。

徐枋《居易堂集》卷十四《吴子墓誌銘》述其生平行誼略云：「吴子美姿貌，善接納，顧瞻謦吐，令人自廢。少能急人之困，立捐千金無少惜，結引豪俊，奔走急難，若徇嗜慾，以故天下翕然宗之，趨之若鶩，而每當險阨，出奇應變無窮者。西戌之際，江南初下，勢岌岌。涿州之子馮源淮提督浙西，駐鎮嘉興，吴子與之游，相善。馮某之戚董生者即爲提督部將，常詗察民間，亦與吴子交，吴子以意厚之，嘗與抵掌言時事，董生感激，若以人不我知者。余同年生徐闇公負天下重望，初毁家舉義，兵敗遂浮海去，望益重，天下争慕之。至是復浮海而來，欲于内地有所建立。闇公故全髮，巍然漢官威儀也。既至，無所容，吴子密迎之，館于家中。吴子家顧在城市，久之，聲籍籍。馮某乃遣董生來物色，董生至，吴子與相見，未及有言，吴子握其手曰：『百有一言，惟子可語，欲成子忼慨之志。』董色動。吴子曰：『徐閣公先生在此，若欲一見否？』董驚怛絶倒，且驚且喜曰：『徐先生果在此，而吴子肯令我見之乎？』吴子即笑引之以見閣公，董生一見，叩首泣下曰：『聞公名二十年，今日始得見，然非吴子則吾豈得見公？願效死。』三人即共爲盟誓，相得甚懽。乃以訛言復馮某，而于提督麾下撥戈船出汛，即衛閣公全髮以出，復浮海而去。初吴子遘吏部公之難，資藉於官凡四萬金，猶在嘉興之郡庫。會世變，吴子屬故舊知當事者爲之所，四萬金將還歸吴子，吴子思有所建立。適故鎮臣陳洪範同下江南，方用事，與吴子有舊，窺知吴子意，即矢天自言其不得已，因以奇策語吴子，吴子即以四萬金與之，洪範故唯唯。適薙發令下，吴子遂舍之而去。嗚呼，吴子痛吏部公之難，思有以大雪之，凡其所爲于三十年之久，出萬死不顧，一生欲有所成立於天下，而卒奔走以死也。吴子諱祖錫，字佩遠，自號稽田，原任吏部文選郎諱昌時公之子，而爲伯父貴州按察司按察使諱昌期公後，原籍吴江。吴江吴氏爲海内甲族，自按察公始居嘉興，吴子爲嘉興邑學生，娶徐氏，先宫詹學士文靖公長女，而余不佞之姊也。吴子年六十二而卒，吾姊年三十而卒，十年前，余已誌其墓。」

又見黄容《明遺民録》卷四及《皇明遺民傳》卷三兩傳。黄傳記佩遠「丁巳歲，死於膠東」，丁巳即康熙十六年（一六七七），徐氏《吴子墓誌銘》和《皇明遺民傳》則云「年六十二而卒」，可知佩遠當生於明萬曆四十三年（一六一六）。

《清史稿》卷五〇〇本傳略云：「吴祖錫，字佩遠，吴江人。崇禎壬午副貢。時中原大亂，料京師必危，預謀勤王。欲身任浙西，以浙東屬之許都，約未定而變作。故鎮臣陳洪範隨王師下江南，與有舊，自言其降出於不得已，而以奇策告祖錫，立出遺産四萬金畀之。已而薙髮令下，遽委之去，改名鉏，字稽田。從陳子龍、徐孚遠謀恢復。偵事杭州，爲仇家縛送江寧，羈繫獄中，復髡而縱之。魯王授職方郎中，桂王亦官之如魯，仍往來吴、越間。……海師入江，祖錫實導之，且連歲在金陵，隱爲之助。乃復遭刊章，事解，志不稍挫。將詣滇南，而先之鄖陽。時鄖陽十三營，尚保殘寨，乃勸出師撓楚以救滇。顧十三營已疲敝，不能用其策也。桂王既入緬甸，思追從，道阻，不得達。復返吴。游中州，更由秦入楚，卒無所遇。康熙己未，客膠州大竹山，鬱鬱靡所騁。會懷宗忌日，慟哭嘔血死，遺命藁葬山中，年六十有二。距明亡已三十有五年矣。凡明末三王遺臣逸士，其初或起義，或言事，各有所謀，其後或蹈海，或居夷，志不少沮，皆先後云亡。及祖錫死，徐枋爲之傳曰：『自吴子殁，而天下絶援溺之望。』亦可悲矣！故以附於明末遺臣之末。」《張蒼水集》第貳編《奇零草》有《送吴佩遠職方南訪行在兼會師鄖陽》詩，即祖錫爲張煌言聯絡十三營事，時任職方郎中。

鄧之誠《清詩紀事初編》：「讀吴子墓誌銘，證以楊賓所撰《徐昭法吴稽田兩先生合傳》。乃知枋與姊婿吴祖錫有居者行者之不同，而圖謀恢復則一。監國及永曆時，祖錫皆授兵部職方司郎中，出入張煌言、鄭成功軍中，能以兼金購清帥使爲己用。又嘗客于總督麻勒吉，以脱其禍。數爲奇計，皆頻于成而敗。康熙十六年，迎周府鎮國將軍麗中至膠州大珠山，將起兵奉麗中監國，會以嘔血死。其死也天下知與不知，皆爲流涕。而中原義士爲之起墳墓，祭伏臘，每臨其墓，無不哭失聲者，枋愈沮喪，與魏凝叔書，所謂操舟之人已逝，苟有人心，能不痛絶？」云美長佩遠七歲，詩末反復叮嚀「當年七夕河邊語，鸚鵡窗前莫再論」。又云「廿五年來猶可待」，不知從何算起。

朱彝尊《明詩綜》卷七十七録吴祖錫一首：「祖錫字佩遠，一名鉏，字稽田，秀水人。《信陵君墓》：『六國安危只繫君，握符兩度抑秦軍。一丸幾徹函關土，五色徐飛芒碭雲。未見特牛陳大俎，暫將醇酒酹高墳。可憐異代留毛薛，徙倚夷門到夕曛。』」足見其人。

送客分得巒字　阻雨虎丘

宵來風雨急，到處失林巒。雲壓祁連黑，潮通羅刹寒。霸圖徵古墓，厲鬼吊荒壇。呆日芙蓉上，高樓倚檻看。

四月十六日立夏

立夏名真好，人天事已齊。朱明乘旺氣，旭日滿金隄。琴裏熏風操，詩篇小雅題。盡從今夜起，舞遍五更雞。

題 畫

蒙茸亂草緑漫漫，野竹蕭疏覆石壇。小鳥早知將夏至，也擒蝴蝶作朝餐。

黄鸝鵡 閶門外人家畜一緑鸚鵡，今秋毛毨，變成黄身朱頂，異而賦之。

風氣從來禽鳥先，退飛六鷁雒陽鵑。將無卦遇離元吉，豈是詩删抑二篇。看去文章真豹變，飛來顔色喜鶯遷。因思吉了當年語，一點丹心戴日圓。

赤烏白雉盡堪誇，何必隴山始是家。因惡奪朱原色目，特教脱緑見金華。陳頭雲護將軍甲，籬下秋榮處士花。祥異不關人世事，爰居還北海風斜。

無　題

一葉梧桐已報秋，銀河猶自隔牽牛。星隨落葉銜山盡，風敗殘荷逐水流。豈爲細腰縫緩帶，不堪蓬鬢約梳頭。秦淮女伴翻新曲，從此良人罷遠遊。

【校】

「豈爲細腰縫緩帶」，原作「縫帶緩」，與下句失對；華東師大本作「緩縫帶」，失律，當爲「縫緩帶」。

分明光景是蓬山，風引雲霞去水灣。乳燕出巢新破卵，蜻蜓銜尾共循環。紆迂鑿穸星槎落，曲折軍書漢節還。縱是陌頭楊柳色，且教夫聟過賨顔。聟即婿。

【校】

「聟」即婿字。「賨」，華東師大出版社本作「寘」，誤，即「顛」字，顛顔山。

喜見燈花照玉鉤，輸棋覆局得全收。遥聞遠戍多逢雨，盡道良人不浪遊。官地蝦蟇偏食月，滿天蝴蝶夢爲周。巫山十二雲千頃，那得崇朝遍九州。

壽仲妹

一本枝分獨向榮，人間名教久慙兄。門風自是閨之秀，宅相從來甥所成。不料傳經違有道，遂令恤緯近無情。五花對誥居然在，又喜三春正值晴。

【箋】

仲妹，《塔影園集》卷一《先處士府君行狀》：「府君諱某，字象垣。先世居崑山縣新安鄉七浦塘，後割其地屬太倉州。……女適贈翰林院待詔孝節先生之孫諸生張邕，次適兵科右給事中崇禎丁丑進士吴适，次適諸生吴梅，次適吴一蜚。」則仲妹嫁吴幼洪。

同書同卷《前文林郎兵科右給事吴君行狀》：「君諱适，字幼洪，長洲人。年二十四，中崇禎十年丁丑科進士。……初聘于衛，未娶，卒。娶申氏，生一女，卒贈孺人。再娶顧氏，封孺人，生四子，三女：長瞻，娶左春坊左諭德殉難贈禮部左侍郎謚文忠馬世奇女；次説，娶王氏，其祖心一與公同時，爲刑部尚書；次諶，聘于宋，殉難山東巡按監察御史贈太僕寺卿學朱女；次誦，禮科給事中，建言廷杖山東姜埰，遣戍寓吴，以女字之；于君没後女嫁申岳來、申胤琦、錢廷鋭、李綿初。」生四子三女，故謂「一本枝分獨向榮」，云美無子。

鄭桐菴先生喬梓雙壽

南極星躔出少微，天河絡角近支機。青松色秀枝都好，白鶴聲高和不違。入世功名分絳帳，傳經心事舞斑衣。鄭公鄉裏他年過，應有行人比釣磯。

【箋】

鄭桐庵，名敷教（一五九六——一六七五）字士敬，號桐庵，長州人。明崇禎三年庚午舉人，爲復社眉目。入清，隱居教授。蒼雪讀徹《南來堂詩集》補編卷三上《山居贈鄭桐庵》王培孫注引《蘇州府志》：「鄭敷教，字士敬，湛深經術。天啟中，吳中倡爲文社，敷教與焉。崇禎庚午，與同社楊廷樞、張溥、陳子龍、夏允彝同舉應天鄉試。是時，東南文士統會於吳，號爲復社。敷教生徒之盛亞于廷樞，兩人俱爲鄉里所宗。時人語曰：『前有朱張，後有鄭楊。』丁丑，舉賢良方正，以母老辭。晚歲隱居教授，著述甚富，尤深于《易》、《詩》，宗杜陵，書法在蘇、米間，年七十卒，門人私謚貞獻先生。」

士敬與蒼雪讀徹（一五八八——一六五八）相善。蒼雪有《贈鄭桐庵二首》（《南來堂詩集》補編卷三上），桐庵亦撰《中峰蒼雪徹公詩序》，收入《南來堂詩集》附録卷一。鄭序在陳繼儒後，而在徐波、錢謙益之前，當日輩分之高可知。

桐庵六十之壽，錢牧齋《有學集》卷二十四有《鄭士敬孝廉六十壽序》：「自萬曆末造，迄今五十年，吳中士大夫相率薄文藻，厲名行，蘊義生風，壇墠相望。吳人爲之諺曰：『前有文、張，後有鄭、楊。』吳人士有名章徹多矣，諺獨云云者，龍宗有鱗，鳳集有角翼，亦標舉其眉目云爾。十年已來，諸君子墓草載陳，藏血已碧。惟鄭君士敬，如魯靈光巋然獨存，斯則霜林之清喬、儉歲之嘉穗也。今年清和之月，士敬六十初度，及門之士，相與酌旨酒、治修脯，修承平故事，具衣冠以稱觴，而乞言于余。余觀士敬束修鏃礪，蔚爲國寶。退而屏居教授，洗心讀《易》，俛仰于天人理亂陰陽消息之際，隱几抱膝，不知老之將至。」

及桐庵七十之壽，其門弟子徐昭法亦有壽序。《居易堂集》卷七《鄭老師桐庵先生七十壽序》：「吾觀古者一二大儒，生當革運之會，而處亂世也。其植大節甚峻，而其處跡甚晦，其持氣甚平，何也？蓋非植節之峻，不足以任綱常之重而爲萬世之楷模；非跡之晦而氣之平，則無以克全於亂世而使身名之俱泰。雖然，彼大儒者又豈爲一身之存亡計哉？聖人之道載於六經，儒者明經以荷道，故吾身存，有與俱存，吾身亡，有與俱亡者矣。苟蹈小節而輕吾身，是使經不傳而道不明也。……吾師晰六經之微言，以荷聖人之大道，爲當世之人師經師，尚矣。生徒之盛，近世無比，而當其遭世之變也，年甫五十耳，陽爲廢疾，自處詿誤，以避干旌之求，物色之及，其植節爲何如者？而潛隱園巷，剷跡銷光，和平愉怡，見者自化，俯仰二十餘年間，爲世人之所猜，異己之所蹙，而卒坦然無傷，以至於今七十也。噫，不亦難乎。乙巳之歲夏四月，爲吾師七十降誕之辰，吾故暢言之，以爲吾師壽，且以見吾師之所以壽其身及天之所以壽其人者，所以明聖人之經于無窮，扶聖人之道于不墜也，而其年爲可計哉，則自今七十，以至申公之八十，以至伏生之九十，以至期頤，以庶幾昆與丹者，吾無不於今乎見之，而於今乎祝之矣。」按，士敬於康熙十四年（一六七五）卒，年八十。鄭士敬、李灌谿、周子佩諸人處亂世，植大節，享高年，殊耐參究。

陸世儀《桴亭文集》，釋通門《懶齋別集》均有鄭桐菴壽序，兹不録。

吴翌鳳《遜志齋雜鈔》丙集：「國初遺老之有氣節者，吾吴甚多，以徐枋、楊无咎、鄭敷教、顧苓、金俊明、徐樹丕諸先生爲冠。」

陳康祺《郎潛紀聞初筆》卷十四《後三高》：「國初，吴郡有隱君子三人，曰拔貢生考授知縣彭行先，曰舉人鄭士敬，曰諸生金俊明，皆以鉅人長德，見推於州里。三人者，歲時過從，鬚眉皓然，相與評論文史，揚扢翰墨，杯酒豆肉，談笑移日。見者羨爲神仙中人，士大夫稱爲『後三高』。

按：　蘇州舊有「三高」祠，祀漢梁鴻、唐陸鴻漸、宋蘇子美。」

錢仲聯主編《清詩紀事》明遺民卷「鄭敷教」條録鄭氏《題三友圖》：「七松五柳老煙霞，並是當年處士家。漁父不知封禪事，水流只愛説桃花。」「十年冰雪故交殘，賸有梅花共歲寒。定是三生緣不淺，早同辛苦晚同酸。」又録郭麐《靈芬館詩話》云：「吴中名賢三友圖，皆時遺民高士，寓其歲寒晚節之意。如金耿菴、彭竹里、高澹游、王忘菴諸公。或圖其一種，或爲題句。内有鄭桐菴徵君敷教詩最工。詩云云。徵君爲復社眉目，其詩亦《谷音》之嗣音也。」

余嘉錫《四庫提要辨證》卷二十四「《心史》七卷」條略謂：此書明季始出，崇禎戊寅冬蘇州承天寺狼山中房浚井，得一鐵函，發之有書，緘封上題「大宋孤臣鄭思肖百拜封」十字，因傳於時。明年刻本出，張國維作序，有張異度、文從簡、姚宗昌、姚宗典、鄭敷教等多人跋。刻本流行，原本歸長州鄭敷教，敷教跋稱所南爲從祖。余嘉錫按語謂不知幾代從祖。

無題

共是春光各一天，江鴻海燕兩悠然。桃花雨瓣侵歌扇，楊柳風絲繞玉鞭。頭若解飛應已去，足因重立不能前。登高極望千山迴，帶水盈盈隔暮煙。

楚歌齊唱大刀頭，爭奈雙蛾只鎖愁。人嘯但堪樓上月，狐鳴何處火藏篝。夜深頻自敲棋子，酒罷因誰阻石尤。翹首六朝金碧地，豈堪江海水空流。

閒吹簫管鳳聲酣，出地雷占得盍簪。雨爲洗兵連癸甲，雲來護陳滿東南。葆祠黃石壽前箸，驅策於菟韜左驂。漫説本非天上路，時無青鳥倩誰探。

荔枝新約割鴻溝，梅子酸心驛使愁。何日牀前雙洗足，至今齋後獨梳頭。移樽勸柱須爲棟，拭眼看鷹本是鳩。誰把乾坤當賭賽，將無枉矢又西流。

【箋】

《清史稿》卷二二四《張煌言傳》：「(順治)十五年，(張煌言)與成功會師將入江，次羊山，遇颶，引還。十六年，成功復大舉，煌言與俱，次崇明。煌言曰：『崇明，江、海門户。宜先定營於此，庶進退有所據。』成功不從。師防江，金、焦兩山間横鐵索，隔江置大炮，煌言以十七舟翦江而渡。成功破瓜洲，欲取鎮江，慮江寧援至，煌言曰：『舟師先擣觀音門，南京自不暇出援。』成功以屬煌言，煌言所將人不及萬，舟不滿百，即率以西。降儀眞，進次六合，聞成功拔鎮江，煌言致書，言當先撫定夾江郡縣，以陸師趨南京，成功復不從。」第二首「阻石尤」指十五年遇颶事。「雙蛾鎖愁」似指金、焦兩山横鐵索事。末聯指張煌言策不用失敗事。

此組詩當爲張煌言、張名振、鄭成功等作。《清史稿》卷二二四《張名振傳》：「師攻舟山，名振與煌言奉王南依成功。成功居王金門，名振屯嵩頭。成功初見名振不爲禮，名振袒背示之，涅『赤心報國』四字，深入膚，乃與二萬人，共謀復南京，攻崇明，破鎮江，題詩金山而還。復與成功偕出，師次羊山，颶作，舟多損，惟名振部獨完。再攻崇明，復入鎮江，觀兵儀眞，侵吴淞，戰屢勝。順治十二年十二月，卒於軍。或云成功酖之。」此順治十年癸巳(一六五三)、十一年甲午(一六五四)間事。第三首有「洗兵連癸甲」、「護陳滿東南」語。「出地雷占得盍簪」中「盍簪」

指朋友，此句指雙方互得信任成友事。「驅策於菟齧左驂」似指名振死事。第四首寫雙方不和，不能雙洗足，但能獨梳頭。「誰把乾坤當賭賽」則責成功。「枉矢」爲大流星，枉矢西流喻復明失敗。

按，四首未必作於一時。多隱晦語，索解爲難。

送　春

東風昨夜五更鐘，兩挾樓船鬬酒濃。土偶隨流還失鬼，江雲特起别從龍。無言衣服同時换，有約裝梳一樣鬆。鼓吹神祠祈且告，山頭草木已重重。

【箋】

「土偶隨流還失鬼」，《禮記·祭法》：「王立七廟，一壇一墠，曰考廟，曰王考廟，曰皇考廟，曰顯考廟，曰祖考廟；皆月祭之。遠廟爲祧，有二祧，享嘗乃止。去祧爲壇，去壇爲墠。壇墠，有禱焉祭之，無禱乃止。去墠曰鬼。」謂王立七廟，考廟、王考廟、皇考廟、顯考廟、祖考廟，此爲五，祖考外立祧，立一壇；再外，立另一祧，立一墠。再外，則爲鬼，不爲立廟。木偶，即神像。七廟中泥塑神像隨水而融，七代以内與七代以外之祖先盡失，此指明亡廟失。《祭法》云「有禱焉祭之，無禱乃止」，雖祠前鼓吹禱且祭，無所益也。

云美詩中屢言「梳頭」、「獨梳頭」，自就薙髮令下後而言，願爲明遺民之意。此處「無言衣服」、「有約裝梳」云云，似謂内部不和。參前題詩箋。

次韻黄文簡公畫像　公諱鳳翔，泉州人。隆慶中榜眼及第，歷官禮部尚書。

人生七尺都如寄，千秋青史傳瑰異。三年遞得及第人，白髮尚書半兒戲。當年生公非偶然，天上仙官遭妬忌。謫在人間作翰林，玉堂金馬空聯轡。鼎鼐崇高居有官，樓臺矗起初無地。不結當朝宰相歡，愛日家門同棄置。優遊物望屬魚山，那得栖遲老衡泌。況逢宇内正昇平，匡廬鼎敗除書至。烏紗帽下着緋袍，此日公年五十四。荏苒於今將百年，誰是魯愚誰是智。在昔神宗御極初，天下屈伸如指臂。宗伯掌禮治神人，無闕金甌誰敢覬。君子進易退則難，每事令人長可思。高岸爲谷谷復陵，猶記當年舊名字。忽得扱圖覩觀輔，如接衣冠儼瞻視。河嶽居然尺幅間，魏徵嫵媚多丰致。摳衣再拜炷瓣香，宛轉低徊不忍置。面目生依日月光，鬚眉猶帶風雲氣。媿余小子遭不辰，初服翩躚紉荷芰。頌公公亦知予乎，窮通論世原無二。

【箋】

黄鳳翔，《明史》卷二一六本傳：「黄鳳翔，字鳴周，晉江人。隆慶二年進士及第，授編修。教習内書堂，輯前史宦官行事可爲鑒戒者，令誦習之。《世宗實録》成，進修撰。萬曆五年，張居正奪情，杖諸諫者。鳳翔不平，誦言於朝，編纂章奏，盡載諸諫疏。及居正二子會試，示意，鳳翔峻却之。當主南畿試，以王篆欲私其子，復謝不往。屢遷南京國子祭酒。省母歸，起補北監。時方較刻《十三經註疏》，鳳翔言：『頃陛下去《貞觀政要》，進講《禮經》，甚善。陛下讀曾子論孝曰敬父母遺體，則當思珍護聖躬。誦《學記》言學然後知不足，則當思緝熙聖學。察《月令》篇以四時敷政、法天行健，則可見聖治之當勤勵。繹《世子》篇陳保傅之教、齒學之儀，則可見皇儲之當早建豫教。』疏入，報聞。尋擢禮部右侍郎。洮、河告警，抗疏言：『多事之秋，陛下宜屏游宴，親政事，以實圖安攘。爲今大計，惟用人、理財二端。宋臣有言，「平居無極言敢諫之臣，則臨難無敵愾致命之士」。鄒元標直聲勁節，銓司特擬召用。其他建言遷謫，如潘士藻、孫如法亦擬量移，而疏皆中寢。士氣日摧，言路日塞，平居祇懷禄養交，臨難孰肯捐軀爲國家盡力哉。昔宋藝祖欲積縑二百萬，易遼人首；太宗移内藏上供物，爲用兵養士之資。今户部歲進二十萬，初非舊額，積成常供。陛下富有四海，奈何自營私蓄。竊見都城寺觀，丹碧熒煌，梵刹之供奉，齋醮之祈禳，何一不糜内帑。與其要福於冥漠之鬼神，孰若廣施於孑遺之赤子。』帝不能用。廷臣爭建儲，久未得命，帝諭閣臣以明春舉行。大學士王家屏出語禮部，鳳翔與尚書于慎行、左侍郎李長春以册立儀上。帝怒，俱奪俸，意復變。鳳翔又疏爭，不報，遂請告去。一十年，禮部左侍郎韓世能去，張一桂未任而卒，復起鳳翔代之。尋改吏部，拜南京禮部尚書。以養親歸。再起故官，力以親老辭。久之母卒，遂不出，卒於家。天啟初，謚文簡。」

朱彝尊《明詩綜》卷五十一載其有《田亭草》傳世。

隆慶二年即一五六八年。

按，黄鳳翔事跡無多，云美詩不苟作，不知此篇有深意否。

無題

女伴攤錢字五銖，只因面背定梟盧。三山蜃湧朱樓出，六詔風吹白草枯。須是觸邪名獬廌，不妨文采號盤瓠。自從別後音塵斷，萬裏關河昔夢孤。

地少雲多獨有天，星辰歷落照樓船。淮南輕舉遺雞犬，徐福長留戀水煙。攀得龍髯當寶□，牽來馬齒問加年。桑弧蓬矢從前事，莫誤空閨夢裏緣。

【校】

「寶」後一字，空而不書，并非漫漶。

有夢難尋無定河，紅顔寧任屢蹉跎。燕來燕去差池甚，狐搰狐埋反覆多。精衛有心徼鵁鶄，刑天直欲戰修羅。靈均何事偏愁苦，山鬼東君竝九歌。

爲誰馳騖尚無歸，叱石成羊料已非。篇什久荒仍自瘦，話言空食不增肥。商人奇貨居威斗，伎女教歌送白衣。魑魄啼烏隨處宿，寒枝未落又斜飛。

風帆雨後帶流霞，咫尺何妨一望賒。淚滿湖南帝子竹，歌翻垓下美人花。眉間點筆難成字，夢裏懷刀且插鞾。卻笑雲臺王季在，只宜圖畫不宜家。

泉上留題

虎丘西北偏鑿地得泉，正當《續圖經》所注虎跑泉處，即王隨《雲巖寺記》中響師虎泉也。

圖經舊注虎跑泉，插錫蕭梁天監年。幾度桑田成海後，虎丘重現響師禪。

小名山在舊江東，山下泉新出地中。若向山頭問陵谷，珠還玉産與民同。

虎丘石井劍池邊，陸羽茶經取次編。水淺蓬萊約伊雒，先期攝去第三泉。

一滴乘除間舊新，横流倒注總非倫。直須時節因緣竝，才有排山捲土人。

沽酒燒猪爲水來，人懷真舊樂相推。前山别有憨憨井，不是重開莫浪猜。

次韻和織簾齋

經營一室好，牆外玉門關。以我思填海，看人力拔山。遂成千古事，落得寸心閒。世上箕裘少，先生獨鑄顔。

【箋】

顧夢麟（一五八五—一六五三），字麟士，江蘇太倉人。少入復社，人稱織簾先生。能詩，兼長於毛鄭之學。

錢謙益《有學集》卷十九《顧麟士詩序》：「萬曆之季，時文日趨于邪僻。婁江顧麟士、虞山楊子常，申明程、朱之緒言，典型先民，以易天下，海内謂之楊、顧。……麟士於有宋諸儒之學，沈研鑽極，已深知六經之指歸，而毛、鄭之詩，專門名家，故其所得者尤爲粹。其爲詩蒐羅杼軸，耽思旁訊，選義考辭，各有來自。雖其託寄多端，激昂俛仰，而被服雍雅，終不詭於經術。目之曰儒者之詩，殆無愧焉。」

《碑傳集》卷一二三汪琬《楊顧二先生合傳》：「明萬曆、天啟末，士之爲時文者喜倡新説，畔違傳注，兩先生慨然思振其弊，相與講説辨難，力明先儒之學，遠近受經門下稱弟子者，嘗不下數百人。會吴中諸名士興文社曰應社，兩先生俱在焉。諸名士及其門下弟子，往往遵用兩先生説，相次取科第，而兩先生卒浮沈學宫中。……然名聲方大噪，凡四方賢公卿大夫有事於吴者，必請兩先生相見，與講鈞禮，賓客雜遝造門，以不獲面爲恥。東陽張公國維巡撫三吴，聞兩先生名高，數親禮之，又延顧先生爲公子師，然顧先生嚴正，自注書説經外，未嘗少干以私。」麟士有養子名湄，字伊人，號抱山，亦能詩。有《水鄉集》，爲吴偉業刻入《太倉十子詩》。父子先後得錢、吴稱重如此，誠非常事。伊人從陳瑚學，爲高弟；與錢遵王交，爲執友。麟士嘗請人作《織簾居晚望圖》，及其亡故，伊人四出求友人爲題此圖。云美此詩，即其一也。偶見屈大均《翁山詩外》卷五《賦顧麟士先生織簾居晚望圖應令子伊人之請》：「東吴耆舊在，人向織簾求。父子書頻著，妻孥食未謀。山中餘日月，世外有春秋。莫倚斜陽望，蒼茫易白頭。」「煙水未迷津，漁夫笑避秦。無窮衰草地，有盡夕陽人。雞犬中華物，桑麻太古春。龐公餘素業，有子作山民。」可知時人和作尚多。

三醉芙蓉

月令花材傲晚風，又添素質試芳叢。露晞粉褪朱顔嫩，酒暈霞蒸玉貌紅。末路猩袍淋戰血，當初鶴氅歎蒙戎。遊人好趁斜陽看，運數黄昏變不通。

早晚多端託緑陰，人間一日去來今。初裝已自分濃淡，點綘中能隔淺深。草草更衣容易過，怱怱革面也難禁。可憐顔色隨時换，至竟何曾改一心。

過眼浮雲屢見鮮，一枝獨染碧江煙。參差半日都非是，反覆經時不偶然。向晚紅妝争看我，平明素面自朝天。莊生議論皆齊物，白鶴千年黄又玄。

自從朝至日中昃，莫認當時熟處尋。問影也疑無特操，斷金原是有同心。文人翻案重重出，兒女逢迎轉轉深。牆角葵花知向背，丹黄一點不相侵。

重九集貞娘墓上

勝地良朋客夢難，傾城名士共追歡。高山點黛知將雨，隔水澄波未覺寒。食蝌何須爾雅熟，飲醇還向漢書看。真娘當日悲秋處，月到中庭夜已闌。

【箋】

祝穆《方輿勝覽》卷二載：「真娘墓，在虎丘，吴之樂妓，文士多題詠。」

徐崧《百城煙水》卷一亦載：「真娘墓，吴中妓人，歌舞有名者，死葬武丘寺前，吴中少年從其志也。墓多花草，以蔽其土。」

七夕客從虞山來夜話

拂水巖前水逆流，相從默默望神州。充塗帶甲横千里，午夜含辛值九秋。對塵祇談無益事，置身長在最高樓。虎丘罷説生公法，頑石於今不點頭。

風認蓬萊引去舟，求仙何處問丹丘。霜林杜牧車前晚，月地貞娘墓上秋。野馬相吹原有息，飛鴻那記偶然留。莫教鑿空尋邛竹，無用分符萬里侯。

兩戒河山事渺然，日星分道各經天。風波勢湧魚龍合，草木聲憑神鬼牽。魏豹豈容長反國，劉安至竟不成仙。祇因織女填銀漢，烏雀營巢莫失躔。

【箋】

徐崧《百城煙水》卷五：「虞山，在縣治西北一里。《括地志》、《祥符圖經》并曰海禺，《吴郡志》曰海虞，《續志》曰海巫。山長一十八里，其高處，江外諸山皆可見焉。」

按，「魏豹」、「劉安」二句皆謂牧齋事。

洗山雨 中秋後二日。

月爲從星雨不留，廓清已見舊風流。扶邛獨上山頭望，滿地羶腥一旦收。

和黄處安贈柳大家 有序，柳名人月。

迎風玉樹，托屬長條；照夜琪花，昭回雲漢。春山自寫，妍争雲母之箋；飛絮從空，艷奪雪兒之口。牙籤緗帙，誰賭烹茶；竹杖籃輿，人傳麗句。鴛湖宛轉，來從西子谿邊；虎阜逶迤，暫憇真娘墓下。鍼神秀絶，緑沈之管交輝；筆海瀾翻，珊瑚之格並麗。華天月地，寧如臉際芙蓉；國士名姝，共是陌頭楊柳。所以遺山賦小娘之什而蜀女吟溝水之篇也。遥企蛾眉，不禁貂尾。

機雲響絶幾多年，只道鍾才不偶然。雒浦佳人非仿佛，蜀江詞客是嬋娟。書憑纖手殊常好，句出香奩分外妍。顧影自憐知薄命，鹿車共挽看林泉。

真娘墓上夕陽遲，降有仙人驂玉螭。緑樹鶯啼春窈窕，碧山星暗水漣漪。尋行卻是看梳髮，落筆應如自畫眉。莫遣風流吾瞎子，倒將私記跋新詩。

【校】

「鴛湖」、「透迤」、「暫憇」，華師大出版社本作「鴛鴦」、「透迤」、「蹔憇」。

【箋】

黄晉良（一六一五—一六八九），字朗伯，號處安，又號東叟。福建閩縣人。其自閩移居蘇州虎丘，在康熙十六年（一六七七）。鄭氏述處安寓居虎丘時，與吴門之「耆舊過從，名流饋餉，觴遊歌哭」，云美殆其中之一人。詩所詠柳人月豔事，則無考。處安以康熙二十八年（一六八九）四

月卒於吳。平生所撰詩文六十卷，不見行世，殆已焚毀。（鄭氏語）

《碑傳集》卷一三八鄭良《黃君晉良墓誌銘》：「君姓黃氏，諱晉良，字朗伯，處安其別號也，閩人，世居石鼓之蓮村。生而穎敏，讀書窮理，務爲有用之學。方其補博士弟子也，年十九，與其伯父某師友家庭，文譽遠出。三試秋闈不售。逆知明室將亂，講求經濟，人望歸之。闖賊之陷京城，閩撫張公肯堂使將勤王之師，君以親在讓其伯父，而自留鄉里，以備不虞。唐邸建國，遂授中書舍人，尋升工部營繕司主事，屢出督餉，一時指斥條陳，悉中肯綮。本朝一統，失職家貧，以親老不得已走東西粤，就故人之招，受其束脩以供菽水。然某某之難，某某之獄，人所不能白其冤者，君皆力解之。其客金陵張大將軍也，海上入寇之師方遁，所過州縣縉紳多爲怨家所持，動輒罹網，大將軍亦不免修睚眦之郤，君直詞正色，曉以大義，所全甚多。蓋君雖不遇于詩，不苟且以就功名，而才氣過人，所至必有以及物類如此。……閩處南徼，其聲氣尤與中原阻隔，而君獨交遊徧海内，居則守令造門，出則公卿倒屣。甲寅之亂，僑寓虎丘，耆舊過從，名流饋餉，觴遊歌哭，傳誦四方，雖諸公高誼遠紹前輩風流，要之君實有所長，非無故而致此也。生明萬曆乙卯十一月某日，卒今康熙己巳四月某日，春秋七十有五。」

柳人月，《桐橋倚棹録》卷八《第宅》：「柳伴月宅，在東塔院西。《百城煙水》云：『閩人黃處安寓東塔院時，有名媛柳伴月來爲西鄰，欲以所綉詩畫行世，大書於寺門，以招徠貴客。』顧苓《塔影園集》載《贈柳伴月》，序中有『鴛湖宛轉，來從西子溪邊；虎阜逶迤，暫憩真娘墓下』之句。」人月，疑爲「伴月」之誤鈔，姑存不改。

同書同卷：「余嵞寓舍，在虎阜山寺。任《志》：『嵞字生生，青神人，寓虎丘山寺。同時有閩人陳騮字伯騶、黄晉良字處安，亦僑居東塔院，與太倉顧湄同修《虎丘山志》。』吴綺、曹溶、吴彦芳皆有《集陳伯騶、黄處安虎丘寓樓》詩，紀映鍾亦有《虎丘訪黄處安不遇》詩云：『碧井煙開苔色匀，松間宿雨滴苔茵。蒼涼白石無塵迹，不問千人問一人。』」

「機雲」，用謝希孟事，「機、雲逝後，英靈所鍾」。「吾瞎子」，元代吾衍，印人，一代宗師，性放曠，眇左目，跛右足。

紅葉

霜花慘淡月朦朧，早起憑闌迥不同。赤幟滿山皆漢壘，緑林到處换軍容。緋袍行列朝雙闕，血戰淋漓望八公。奪得燕支顏色在，明年歌舞醉薰風。

對雪

天騰地降兩無情，縞素三軍撲玉京。席帽就商江表路，元戎潛破蔡州城。山河一統俱包并，草木齊頭盡變更。誰是本來真面目，但餘高卧老袁生。

題畫爲何蓉菴先生八十雙壽

朱湖洞天紫雲起，鳳皇臺下水潺湲。的的芙蓉映初日，蓉菴先生開壽筵。桃花辟世隔流水，穀城黄石圯橋邊。先生本是相門子，未須辟穀求神仙。在昔崇禎歲己巳，闕門烽火通甘泉。天寒夢卜求良弼，桐城相公方登延。須臾戰勝建元良，官加宫保進文淵。轉眼於今五十載，從頭萬事都茫然。星宿移天地起陸，相公有子稱象賢。采芝深谷長羽翼，非熊釣罷檀車牽。臨桂三郎亦相門，筆法粗傳沈石田。畫出仙禽頡頏立，仙花正照霜蹁躚。秋鷹振翮乘風起，並得騫騰飛上天。

【校】

「己巳」，華師大出版社本作「乙巳」，誤，己巳爲崇禎二年（一六二九），崇禎無乙巳年。

「闕門」，華師大出版社本作「關門」。

【箋】
何蓉菴與吴偉業亦有交往，吴氏《梅村集》卷九《送何蓉菴出守贛州》：「相見征途便，還家正早秋。江聲連賜第，帆影上浮丘。兒女貪成長，親朋感去留。無將故鄉夢，不及石城頭。」

丁巳歲朝大雪

高卧山中絶世情，松筠强項柳腰平。爻占有象龍無首，書法非王月不正。嶺外梅花偏向暖，江邊春水又方生。莫嫌元冥猶餘氣，明日東君捧日行。次日立春。

【箋】
丁巳，康熙十六年（一六七七）。

送黄處安

長亭楊柳未生煙，猶是風霜冰雪天。相土有詩收海外，鬼方占易得三年。幾時氣數王家臘，商賈都行天復錢。此去富春江上過，可先物色釣臺邊。

【箋】

黄處安，已見本集《和黄處安贈柳大家》。

又題畫送處安

舊枝葉落又當春，奪得燕支景色新。誰道在陰鳴且和，雲中聲已逐苻秦。

【箋】

黄處安，已見本集《和黄處安贈柳大家》。

送春集虎丘 是日大風雨。

殘花蔓草盡成功，進退乘除頃刻中。今雨本來還舊雨，東風從此换南風。佳人漸老青閨静，戰馬初閒紫塞空。莫向名山徵往事，闔閭墓下水淙淙。

薄靄登山細濕衣，獨光摇亂影稀微。墮樓石氏花都盡，投閣揚雄事已非。揭地掀天來有象，沾泥帶水去無歸。堂堂獨讓南風競，也是東君早見幾。

三月晦日過隣家見牡丹花盡落有感題壁

經旬不出户，春去杳無跡。偶爾造山家，紅香坐狼藉。端然國色艷，委棄風雨夕。空餘蝴蝶飛，徒見莓苔積。始知春易盡，韶光真過客。悠悠會百年，白髮誰憐惜。

【校】

底本缺此首，據華師大出版社本補。

【箋】

《明詩綜》收顧苓詩一首，即此首。

附録一：顧苓集外詩

石公山

茫茫三萬頃，日夜浴青葱。骨立風雲外，孤撑濤浪中。若令當路出，應作一關雄。朱勔真多事，荆榛滿故宫。

應嘆賢者不用而小人誤國也，下半拓開得唐人格律。

（見沈德潛編《明詩别裁集》卷十二）

顧夢游《半塘偶集》所載唱酬詩

漁郎多事説迷津，秋水蒹葭雜主賓。隔岸煙横林欲暝，西山月暗酒初巡。菊花艷冷終難落，桂子香濃盡委塵。偏道世情能累我，眼前無不是閒人。

（《東萊趙氏楹書叢刊》所收《東萊趙氏先世酬唱集》之顧夢游《半塘偶集》載崇禎十二年頃，顧苓與申紹芳、林雲鳳、吴鑒、王咸、方夏、楊補、顧夢游、金俊明、施愚山、葉襄、宋琬、楊炤、朱隗、顧有孝、釋讀徹、釋自扃等五十餘人結社唱酬。見《東萊趙氏楹書叢刊》册四二頁三二一三）

附録二：顧苓傳記資料輯録

（一）

花雨生公舊講臺，一牛鳴地草堂開。雲陽文字歸殘劫，斷瓦牆陰長緑苔。

錢受之《顧象垣墓誌銘》：「長洲顧君，諱維鼎，字象垣，以己亥歲四月十七日卒，長子苓。」《元和縣志》：「顧苓字云美，潛心篆隸，凡金石碑版及鼎彝款識、蟲魚科斗之書，皆能誦之。居虎丘山塘，蕭然敝廬。中懸思宗御書，時肅衣冠再拜，欷歔太息。」《蘇州府志》：「塔影園在虎丘便山橋南數武，文肇祉所築。後顧苓云美居之，更名雲陽草堂。又有室曰『松風寢』。」錢受之《雲陽草堂記》：「顧子云美，卜居於雲巖之陽。讀書尚志，撫今懷古。讀《後漢書・宣秉傳》，論其世而知其人，穆然太息。顔其三間之屋曰『雲陽草堂』。」又云：「云美之居，去雲巖一牛鳴地。入寺門，平石穹然，晉生公説法處也。」《士禮居藏書題跋記》：「《林和靖詩集》，余向於郡故藏書家得一鈔本，云是顧云美手鈔，珍藏之。」《鐵琴銅劍樓書目》：「《隸續》，顧云美氏手鈔，有『塔影園客』朱記。」又：「《石刻鋪敍》，義門得諸塔影園顧氏。」

【補正】

《蘇州府志》顧苓《塔影園記》云：「虎丘塔影園者，故上林録事文基聖先生之别墅也。先生爲待詔公孫，國博公子，詞翰奕世，宏長風流。自停雲玉磬，境與人杳，雖茅舍竹籬，而播諸詠歌，傳爲盛事。初於虎丘南岸誅茅結廬，名海湧山莊，鑿池及泉，池成而塔影見。張伯起先生爲賦詩云：『燕塔朝流舍利光，半空飛影入空塘。應知不是池中物，會有題名在上方。』因以塔影名園。」

《鐵琴銅劍樓書目》欣夫案：曾見云美題畫，鈐有「擇木亭印」一印。

（見葉昌熾《藏書紀事詩（附補正）》卷四）

（二）

顧苓，字云美，吴縣人，有《塔影園藁》。云美精篆隸書，予常遇之山塘，偕入骨董肆中，見鼎彝刀尺款識，悉能誦之，文從字順，每嘆爲不可及。其詩稍率易，然不襲竟陵遺音。

（見朱彝尊撰，姚祖恩輯《静志居詩話》卷二十一）

（三）

苓字云美，吴縣人。有《塔影園稿》。《詩話》：云美精篆隸書，予嘗遇之山塘，偕入骨董肆中，見鼎彝刀尺款識，悉能誦之，文從字順，每歎爲不可及。其詩稍率易，然不襲竟陵遺音。

（見朱彝尊選編《明詩綜》卷七十七）

（四）

顧苓云美。江南吴縣人。《塔影園稿》。善漢隸。

（見卓爾堪編《遺民詩》卷十一）

（五）

顧苓，字云美，吴縣人。【大瓢偶筆】云美隸學《夏承碑》。【清儀閣題跋】云美善隸書八分，斬筋截鐵，極有古法。【枕經堂題跋】國初習《卒史碑》者有顧云美，其大小之隸，無不刻意摹仿。

（見馬宗霍輯《書林藻鑑》卷十二）

（六）

顧云美廬閶門外，半潭繞屋，引水自隔。莊烈帝御書「松風」二大字，云美得之某司香，遂揭於齋中。顧黄公爲賦詩四首，卒章有云：「奇峰名淑景，御坐正當中。五粒皆銀鬣，雙珠倚玉童。」謂萬歲山淑景峰有石刻御坐，二白松覆焉。

（見楊鍾義撰《雪橋詩話續集》卷一）

（七）

顧苓字云美，善隸書，工篆刻，精鑒金石碑版，有《塔影園藁》。

（見李桓輯《國朝耆獻類徵》卷四七〇）

（八）

顧苓字云美，吴縣人。吴江貢生。

（見沈德潛、周準編《明詩别裁集》卷十二）

（九）

顧苓字云美，吴縣人。善隸書，工篆刻，精鑒金石碑版，有《塔影園藁》。

（見吴修編《昭代名人尺牘》小傳卷四）

（十）

顧云美苓，吴門人，負奇癖，自闢塔影園，隱於虎邱側，蕭條高寄，俗客過輒趨避竹中，以故，客難就之。君準甚頽，而飲不能一蕉葉。常語人曰：「事事虛名，視此準矣。」在白門屢過予恕老堂，茗飲唱酬，詩和婉有致，行楷仿趙吴興，最留心漢隸，凡漢碑皆能默數某闕某字，某少前碑，某失碑陰，某贗，某爲重摹，其碑陰姓字皆能暗記。予姻谷口鄭簠以此名世，家多碑版，云美僦一小庵近谷口家，繙閱數日夕不倦，其篤志如此。作印得文氏之傳。予謂谷口：「今日作印者，人自爲帝，然求先輩典型，終當推顧苓。」谷口是予言。君許爲予倣文氏作牙章十餘方，具既備，而予難作，遂不果，故予僅存其一二。瞿稼軒了十齡，流落於外，人無有過而問之者，君以夙誼收恤之，且妻以女，名曰鏡，字之曰端叔。人以此多君行誼云。

（見周亮工撰《印人傳》卷二。按，他處云顧云美與鄭簠爲鄰，非是。）

（十一）

顧苓字云美，諸生朱竹垞曰：云美精篆隸書，予嘗遇之山塘。偕入骨董肆，見鼎彝刀尺款識，悉能誦之，文從字順，每歎爲不可及。詩少率易，然不襲竟陵遺音。

（見王樹人輯《松陵人物彙編》卷六）

（十二）

顧苓字云美，吴縣人，吴江籍貢生。工詩文及行楷八分書，尤精篆籀之學，所刻印章追摹秦漢。

（見趙蘭佩撰《江震人物備考》卷九）

（十三）

顧苓字云美，清元和人，虎邱便山橋有塔影園。園係文肇祉所築，云美居之，更名爲雲陽草堂，又有室曰松風寢。潛心篆隸，精鑒金石碑版而家多藏書。《士禮居藏書題跋記》：「《林和靖詩集》，余向於郡故藏書家得一鈔本，云是顧云美手鈔珍藏者。」《鐵琴銅劍樓書目》：「《隸續》，顧云美氏手鈔，有『塔影園客』朱記。」又：「《石刻補敘》，義門得諸塔影園，顧氏著有《塔影園稿》。」

（見蔣鏡寰撰《吴中藏書先哲考略》一卷）

（十四）

顧苓字云美，諸生朱竹垞嘗稱：云美精篆隸書，於古彝器款識，悉能誦之，文從字順。詩少率易，然不襲竟陵遺音。

（見逸名《江震人物志初稿》不分卷）

（十五）

顧苓，字云美，吴縣人。當弘光時，以明經廷對，登上第。而南都陷，帝之蕪湖，同舉者或言當觀變以圖去就，苓不從行，且哭曰：「吾不忍以祖父清白之身事二姓也。」及抵里，足盡繭，遂隱虎丘山麓，奉烈皇帝御書「松風」二字以顔其寢室，息偃其中。有《塔影園藁》。

（見黄容《皇明遺民録》卷六，收入《明遺民録彙輯》頁一二一五）

（十六）

顧苓，字云美，又號濁齋居士，吴縣人。負奇癖，自闢塔影園，隱於虎邱。工書，留心漢隸，凡漢碑皆能默識。作印得文氏之傳，吴中印人多宗之。

（見《廣印人傳》卷十三）

（十七）

顧苓，云美，江南吴縣人。《塔影園稿》。

（見《慎墨堂詩話》卷十六）

（十八）

顧苓，字云美，元和人。《元和縣志》：「云美，太僕卿存仁後，少篤學，尤潛心篆隸，凡金石碑版及鼎彝刀尺款識，皆能誦之。尤精臨摹秦漢印章，見者以爲不減吾衍、文彭。」

（見《歷朝印識·明》）

（十九）

顧苓，吴縣人，有《塔影園稿》。《明詩綜》選其《過鄰家見牡丹花落盡有感》詩。竹垞《詩話》：云美篆精隸書，余嘗遇之山塘，偕入骨董肆，見鼎彝刀尺款識悉能誦之，每歎爲不可及。

（見《明代千遺民詩詠》卷八）

（二十）

顧苓，字云美，東吳人。善漢隸，所作印章，深造漢魏之域。無論莊重端正，亂頭粗服，無不盡妙。或雜入古印中，亦難辨其真僞。

（見《（同治）蘇州府志》卷一四九）

（二十一）

顧苓，字云美，太僕卿存仁後。少爲諸生，好金石、碑版、鼎彝、刀尺、款識之文，不求仕進。瞿稼軒致命後，捕其子急，苓隱其姓名，育於家。俟禁弛後，明其爲稼軒子，以女妻之。築室虎丘山塘，蕭然棐几。暇則臨摹秦漢印章，肆力分隸書，時無出其右者。所交皆當代逸民。無子，没後，友人葬之。著有《塔影園稿》。

（見《（乾隆）長洲縣志》卷二十四）

（二十二）

顧苓字云美，長洲人。少篤學尤潛心篆隸，凡碑版及鼎彝刀尺款識，魚蟲科斗之書，皆能誦之。臨摹秦漢銅章玉印，見者以爲不減吾衍云。

（見《（乾隆）江南通志卷一百六十八》）

（二十三）

顧苓，字云美，太僕卿存仁後。户鍵讀書，潛心篆隸學，家多載籍。專工博雅，凡金石碑版以及鼎彝刀尺款識，蟲魚科斗之書，皆能誦之。晚而篆隸益精，臨摹秦漢牙章玉印，砉然奏刀，見者以爲高出趙子昂、吾子行、文三橋也。所居虎邱山塘，蕭然敝廬，中困鬱不舒，絶匿名迹，有以也。女一，妻瞿稼軒式耜子，易其名姓，俾脱於禍，人尤高之。著有《塔影園稿》六卷。

（見《（乾隆）元和縣志》卷二十四）

（二十四）

顧苓，字云美。精篆隸及鐫刻金石，能得古法，知名于時。

（見《（嘉慶）直隸太倉州志》卷四十一）

（二十五）

顧苓，字云美，長洲人，太僕卿存仁後。少篤學，尤潛心篆隸，凡金石碑版以及鼎彝刀尺款識，蟲魚科斗之書，皆能誦之。晚而篆隸益精，臨摹秦漢銅章玉印，見者以爲不減吾衍、文彭。居虎邱山塘，蕭然敝廬，中懸思陵御書，時肅衣冠再拜，欷歔太息。女一，妻桂林留守瞿式耜子，易其名姓，俾脱於禍，人尤高之。所著有《塔影園稿》六卷。

（見《（道光）蘇州府志》）

（二十六）

海涌山莊，在便山橋南，上林苑録事文肇祉所築。碧梧修竹，清泉白石，極園林之勝，因鑿地及泉，池成而塔影見，故又名塔影園。文和州嘉有圖，居節曾僦居焉。見《雁門家乘》。肇祉《塔影園》詩云：「鑿池成塔影，結屋傍山阿。疑自浮員嶠，翻同寫翠娥。昔聞掛清漢，今倒映停波。惠我驚人句，賡酬奈拙何。」又，文彭詩云：「籬豆花開香滿園，赤欄橋畔塔斜懸。偶思小飲沽村釀，門外魚蝦正泊船。」

（見顧禄《桐橋倚棹録》卷八《第宅》）

（二十七）

雲陽草堂，在虎阜山南，顧文學苓購文肇祉塔影園改築，萬壽祺記。中有倚竹山房、松風寢、照懷亭等勝，苓俱有記，並有《移家塔影園》詩云：「爲疏牛馬近魚蝦，小小亭臺竹樹遮。隔岸千人聚簫管，背城七里散煙霞。風流死後真娘墓，丘壑生前短簿家。萬事只因顛倒見，浮屠沉影石欄斜。」又，《雲陽草堂》詩云：「背山開竹徑，隔水設柴扉。秋色依紅樹，晨花蝕翠微。松筠從此老，杞菊自然肥。若問平生事，斯人無是非。」國朝汪琬《寄贈虎丘顧云美》詩云：「遥羡風流顧愷之，愛翻新曲覆殘棋。家臨緑水長洲苑，人在青山短簿祠。芳草漸逢歸雁後，落花已過浴蠶時。一春不得陪幽賞，苦恨蹉跎鬢滿絲。」又，陸肇域《虎丘山南訪塔影園舊址》詩云：「畫橋波色漲迴汀，小憩山南孤棹停。一徑松花秋散碧，數峰雲氣曉銜青。園林無地尋遺址，詩酒當年老客星。欲問風流顧高士，上方塔影響風鈴。」

（見顧禄《桐橋倚棹録》卷八《第宅》）

（二十八）

明國子生顧苓妻陸宜墓，在西溪旁。按《元和縣志》：「宜，字山椒，有孝行，齋臨屢空，意若有餘也。夫苓，字云美，爲南京國子生，精金石之學，工篆刻。明亡，隱文氏塔影園，即雲陽草堂也。宜山居十餘年，春秋佳日，士女傾城出游，未嘗一廁足其間。殁，苓葬之今所。」

（見顧禄《桐橋倚棹録》卷五《冢墓》）

附録三：師友投贈集

錢謙益（一五八二——一六六四）

雲陽草堂記

顧子云美，卜居于雲巖之陽，所謂塔影園者，讀書尚志，撫今懷古，讀《後漢·宣秉傳》，論其世，而知其人，穆然太息，顔其三間之屋曰「雲陽草堂」，而請予爲記。

余學佛之人也，少覽二史，習炎劉、新莽之故，茫茫如積劫事，都不記憶。云美所以名堂之意，未能析也。云美之居，去雲巖一牛鳴地。入寺門，平石穹然，晉生公説法處也。生公欲證明闡提佛性，聚頑石演説妙義，石爲點頭。儒者河漢其言，以爲無有。夫石猶能言，儒者之所知也。石無口能言，石有頭，獨不能點與？類萬物之情而通其變，石可以生人，人亦可以化石，獨何疑于聽法與？

吾嘗讀《列子》書，感北山愚公之事。生公説法見擯，列石聚講，愚公移山之類也。已而爲石説法，石爲移聽，化冥礦爲講徒，則亦猶操蛇之神，患愚公之傴而助之也。古之勞人志士，其圖事也，多迂而無當。其謀身也，每拙而無所之。孤行單棲，徬徨彳亍，往往遥結契于千百世，而高自附于古人。舉世之人，見不越晦朔，智不出口耳，聞點石移山之説，未有不揶揄手笑者也，而又何怪與？

嘗試與子登千人之座，俯仰流覽。一紀之内，光景亦屢遷矣。方升平盛際，游冶駢闐，粉緑雜遝，歌管交加，絲肉啞匝。當此時也，山容嬋娟，雲衣戍削。若迎而笑，若却而舞者，非斯石也耶？喪亂之後，烽烟蔽虧，弓刀戛擊，遊騎塵腥，清嘉雨絶。當此時也，金虎削芒，劍池涸流。若病而喑，若悲而噎者，非斯石也耶？斯石之能點頭也，與其能言也，吾與子既目睹而耳聆之矣。顧猶流觀炎漢，佇想于巨公、兩龔，欲起塵沙不可知之人揖讓其間，豈唯愚公掩口，能無爲生臺頑石所竊笑與？

云美曰：「善哉！請書而勒之石。須石之果能言也，馳以告於夫子。」遂序次其言，作《雲陽草堂記》。

（見《牧齋有學集》卷二十六）

明經顧云美妻陸氏墓誌銘

留守相公瞿稼軒既殉國，其幼子玄鏡奉其骨歸自桂林。甲午正月至常熟，顧苓云美來弔，玄鏡從其兄擁杖出拜。云美問其兄，曰：「吾幼弟也。生長西南，今九年矣。」云美出，謂其表弟嚴武伯曰：「子爲我語瞿氏，以我女字玄鏡。」瞿氏諾之。云美告余曰：「苓以女字留守相公之幼子矣，夫子其謂我何？」余曰：「有是哉！昔天啟間，魏忠節公被急徵，過吴門，周忠介公入其舟相見，即以女字其孫。文文肅公稱之曰：『周景文真丈夫也，以女許人，不歸而謀諸婦。』余曰：『是亦可以觀其夫人也。』子爲文肅彌孫，氣骨酷似文肅。文肅有知，聞之而喜可知也。」后六年己亥四月十日，云美之妻陸氏卒，越七日，云美之父處士君卒。云美居喪守禮，不賓姬侍，躬保護其女。服除，而玄鏡孤貧無倚，云美收爲贅壻。壬寅五月，吉安施偉長見玄鏡於云美之側，喜而告余。及秋，余過虎丘塔影園，云美出玄鏡拜牀下，摳衣奉手，目光射人。歸而詒書云美曰：「忠貞之後，僅存一綫。今得端人正士，以尊親爲師保。稼軒忠魂，亦稍慰於九京矣。」鄭重丁寧，泣數行下。

余因是而有嘆焉。世德下衰，士君子塗飾一切，急功利而薄義感，珩璜琚瑀之節，不修於家。自婚男嫁女，以至出入言動，率受章程於闔閾之内。苟毛髮自遂，則詘泣比東郭之庭，交謫效北門之室。一旦簾屏既撤，但見新人。前妻子女，向隅獨泣者，皆是也。今云美以女許人，不謀諸婦。其妻死，煢煢矜獨，身護其女，五年如一日，亦可以觀其妻也。云美長女壻許爾録，其祖自表，崇禎間爲御史，抗疏摘官，乙酉六月不令死。許氏請婚，云美與之約曰：「毋應試。」亦可以觀其妻也。云美之友閻爾梅，當世奇士，好駡人，爲文表陸氏之墓，反覆讚歎，稱曰孝婦，可以觀，可以興矣。先是云美將葬其父，請余銘，拜具陸氏行略，曰：「葬之地在塔影園北，葬之日在死之年十二月丙午。」追憶而爲之誌，其懿行不備書，書所知者。余舊史氏東澗遺老錢謙益也。銘曰：

海湧三峯，雪濤鬱盤，嘉樹則里。歌斯哭斯，聚魂魄斯，我告彤史。此後幾年，星迴斗轉，昭爾女士。

（見《牧齋雜著·牧齋外集》卷十六）

蒼雪讀徹（一五八八—一六五六）

題塔影園爲顧云美

昔賢築室虎溪濱，似舅甥堪再卜鄰。始信園林無定主，由來風月屬閒人。鈴聲入夜勞長古，塔影窺池露半身。幾許品題愁寫照，西山一抹效眉顰。

（見《南來堂詩集》補編卷三上）

徐波（一五九〇—一六六三）

同州來游虎丘塔影園，時新屬顧云美

坦步須乘興，名園今有人。地幽山隔岸，池静塔分身。樹石維求舊，禽魚亦易親。緑陰行滿眼，就此送殘春。

（見《天池落木庵存詩》第四十九題）

二月望，過顧云美塔影園，名其堂曰「雲陽」，問知用東漢宣處士隱雲陽山事，虞山先生作記

半至春光山漸佳，閒情遇物自差排。周旋車馬稱通隱，指點園林敘本懷。流水穿花成小澗，殘陽留客戀西齋。詩關時事人題竹，請付雙童信手揩。

（同上第一九六題）

鴛鴦再耦 用蘇長公獄中韻，顧云美徵。

難同弄影鏡中雞，苦憶雙雙文彩齊。窺見錦機殊自失，夢迴沙渚思全迷。開籠作合誰爲主，戢翼嫌單幸有妻。且向階墀稱近玩，已無舊侶在前溪。

（同上第二四二題）

十月廿一，夜長難寐，久待雞聲。已復闔眼，夢與三四人同赴虎丘方丈中，一人意是顧云美。生公石畔，純是紅葉，竊訝向來所無。衆推賦詩，得八句，琅琅誦出，衆皆喜。覺時盡忘卻，依稀記起句，足成之

紅葉中間植杖身，沉吟日日澗之濱。□□□始程生馬，漸覺秋陰道少人。大壑相驚看蜃氣，千年長睡損龍鱗。西山木石銜將盡，難見滄溟一點塵。

（同上第三三六題）

萬壽祺（一六〇三—一六五二）

遠問顧云美

摇落商秋客鴈凉，折荷霜重下深塘。坐從瓠子歌聲上，行到芙蓉湖氣荒。别國人家誰遠近，感時天際識蒼茫。闔閭城内西風滿，柿葉應齊高士牀。

（見《隰西草堂詩文集》卷三）

遊顧氏塔影園記

虎丘塔寺西十步有橋焉，曰望山。射瀆之水出焉，東流入於婁水，橋南二十步，車不方軌，三折而西有園焉，曰倒影，故上林録事文氏宅。委巷圭門，循廊右轉，一望皆菘疇瓜疃，沼沚委蛇，廊窮得堂。堂臨池，春風澹蕩，秋日澄瀾。倚岸北矚，塔影正垂東北隅。鈴聲上下，若出波際，魚龍紛沓。行喬柯巉石間，游者解襟嘯詠，終夕忘去。堂之右有齋一楹，曰成野。後有寢，曰松風，烈宗皇帝書。齋南，左瞰池，右爲亭，曰照懷。池東接一眉廊，再折爲倚竹山房。臨山房而望之有岡焉，曰小東。崗之徑臨池可渡者，架石焉，曰鶴梁。縱廣三畝，周規折矩，面與背相望，豁然而開，窈然以合，不可窮際。歲在戊子，太原顧苓攜妻子來居之。南渡乙酉，苓以經明行修貢於朝。未幾，海内大亂，苓以文氏甥，向氣節，不入城市來隱於此，名曰塔影園。閉户著書，伏臘輒入松風寢。春秋佳夕，策杖登虎阜，望雲氣拜跪以爲常。壬辰春，隰西壽道人至吴郡，聞虎丘有園，問之則顧氏。顧苓是道人十年前故人，所謂云美者也。嗟乎！自烈宗以至南渡，海内戰争，今又數歲矣。故舊凋落，園田易姓，不知其幾何。而此園遂歸顧氏，以比柴桑栗里，意愴然哀之，因退而書其事於行脚紀。

（見《隰西草堂詩文集》卷一）

錢龍惕（一六一〇—？）

題云美山居三首

短簿祠前路，迴環水一涯。著書楊子宅，麗句隱君家。鶴步冰生印，梅含雪作花。相逢知己在，休話海成沙。

一徑依高樹，柴門面菜畦。築堂山作障，遶砌水成蹊。金石閒窻玩，尊罍木榻攜。求羊蹤跡少，但見草萋萋。

虎阜煙花市，南頭著隱淪。灌園逃相客，畏壘輟耕人。溪苧猶思越，園桃尚笑秦。莫嫌茲地淺，苔厚已無塵。

（見《大究集》卷下）

杜濬（一六一一—一六八七）

松風墨寶記

南京國子生吴郡顧苓，濬之老友也。所居塔影園，去虎丘才數武。濬舟過虎丘，數往覓苓于園中。一日，導濬啜茗于其草堂西偏之密室，仰視梁間懸一小扁，作「松風」二字。大不盈尺，端勁軒翥，非一時文士筆力所能及。濬心異之，以問苓。苓具告所以，則巍巍宸翰也。濬肅然下拜，伏地悲泣，良久不能起。自是以後，每過苓輒先入室中叩首已，然後與主人揖。苓以爲知禮，謂濬盍記之。濬竊惟《書》贊唐堯「文思」、「安安」，又曰「受終於文祖」，夫子亦云「焕乎其有文章」，意堯必至文，有著述，多放失不傳世，僅傳其十六字，然亦足矣。恭惟先烈皇帝稽古右文，蓋唐堯之亞，而遭際懸絶，至于不可梯級。鼎湖之弓，蒼梧之淚，此天下臣民所當痛心。遇其流傳，一點一畫，如亡子之見慈父，唯恐失之。春露秋霜，生其哀慕，天球大璧，方其矜重，乃其宜也。而風俗之薄，藏者以爲災患，見者爲之色變，甚而背棄輶褻，稱謂無章。尤在於受恩淡厚，三台八座之子孫，不知持世之道，教孝作忠，禁綱殊不如此，而其人自欲如此，不必然而然，何其愚哉？計此二字，設落若輩之手，必久付之水火，幸而藏者有苓，拜者有濬，國家養士三百年，僅如斯而已乎。可悲也矣！可愧也矣！歲在癸丑暮春之望，僅記。

（見《變雅堂遺集·文集》卷七）

方文（一六一二—一六六九）

揚州晤顧云美感舊

論交三十六年前，曾共秋林一醉眠。此日才華方籍甚，如今容鬢各蒼然。新詩既得江山助，古篆還從金石傳。知爾心期似皋羽，西臺拊節有誰憐。云美出徐勿齋、瞿稼軒兩公之門。

（見《嵞山·再續集》卷四）

丁未除夕喜顧云美曾止山見過守歲

青谿深處草堂開，榆柳逢春淑氣回。遂有故人千里至，不辭除夜一燈來。閒身且寄隣僧榻，快意唯憑濁酒杯。卻望蔣山雲物變，野夫白首重興哀。

（同上）

戊申元旦蘇州顧云美嘉興朱子葆贛州曾止山紹興吴平露同集哺雛軒分賦

以下戊申年作。

我所懷人各一方，今春何幸得同堂。虎丘公讌年猶少，崇禎辛未，與云美社集虎丘，今三十七年矣。鴛水重遊鬢已蒼。子葆亦三十年之交，昨歲至嘉興盤桓兩月。塞出盧龍成舊雨，戊戌與平露相遇永平，近至白門，往來甚密。路分苕霅感新霜。止山亦二十年之交，去秋同客吴興，止山先去。萍踪會合非容易，日日相過醉不妨。

（同上）

爲顧云美六十壽二首

年少相逢古劍池，亭亭玉樹吐華滋。那堪甲子須臾過，偏在乾坤板蕩時。老人舊京歌黍稷，冷棲荒刹近茅茨。莫言後輩無知己，争誦先生六十詩。

旅食僧廚不自供，蕭然瓢笠與孤笻。周秦繆篆人争乞，韓蔡分書衆所宗。靈谷探梅尋斷碣，生綃畫鶴上高松。雖云户小難勝酒，初度無能買一甕。平聲。

（同上。按此二首作於戊申年。）

曹溶（一六一三——一六八五）

同園次邵村敦四云美小飲虎丘月駕軒三首

霪雨如心結，匏尊久未攜。一旬剛見日，近郭罷沾泥。梯遂松舟上，雲多鶴磵西。願從嘉會數，無恨此羈栖。

脱帽當涼檻，巖陰緑可凴。花籌慳妙伎，酒膽過良朋。暑候軍麾隔，歡場旅夢增。三吴煙月地，放誕孰相繩。

剗草參僧坐，沿流扣石門。狂能銷賤迹，隱轉畏名根。塵海閒朝夕，文星老弟昆。再期蟾魄滿，襆被宿山村。

（見《静惕堂詩集》卷二十二）

宋琬（一六一四—一六七三）

同姜如農訪顧云美虎丘精舍二首

數竿修竹外，亂石守柴扉。客至不言酒，春來又典衣。八分韓擇木，半子陸探微。君壻瞿生善畫。茗粥隣家有，高歌對落暉。

短簿祠前路，參差石徑斜。苔痕膠客屐，塔影入君家。碑版窺元象，松杉響暮鴉。翻嫌林處士，多事聘梅花。

（見《宋琬全集·安雅堂未刻稿》卷三）

嚴沆（一六一七—一六七八）

寄懷顧云美

滿袖離群淚自知，傷心風雨好山時。到來麋鹿俱無恙，是處莓苔憶舊詩。恨客千絲芳草緑，懷人一曲暮雲遲。馬蹄不解平生意，布韈青鞋冷不辭。

（見《兩浙輶軒録》卷一）

鄧漢儀（一六一七—一六八九）

戊申春日舟泊虎丘有懷顧云美塔影園

不見東吴顧文學，寂寞來尋塔影園。老樹當門今盡伐，留鶯無主獨傷魂。誰憐詩畫隨烽火，但説田廬有淚痕。何日徵輪寬比屋，歸來重理薜蘿村。

（見《慎墨堂詩拾》卷六）

施閏章（一六一九—一六八三）

塔影園尋顧云美不值

大好池亭旁草堂，依稀塔影在中央。扁舟相就不相見，蓮葉風多吹客裳。

（見《學餘堂集》卷四十九）

吴綺（一六一九—一六九四）

陳伯騶黄處安招同曹秋岳先生暨沈仲連顧云美諸君子集虎丘月駕軒

海湧峰頭畫影遲，旅人偏與醉相宜。薰風樓閣花千樹，斜日河山酒一巵。金虎跡荒懷古處，水犀兵隔憶鄉時。憑欄各有情無限，走馬寧嫌倒接䍦。

河朔英雄彼一時，天涯聊此暢離思。干戈滿眼詞人老，絲竹關心旅夢遲。栗里放懷惟愛酒，杜陵傷老不忘詩。莫言小集誠容易，何處乾坤更習池。

離合寧煩象緯知，快遊惟合擬南皮。六朝勝事高人社，四海名山短簿祠。白鳥往來隨倚檻，蒼生多少看圍棋。酒酣欲問生公石，明月秋風復幾時。

過顧云美塔影園即步移居四首

高士幽棲水竹邊，雙扉閒扣即歡然。常開蔣詡花間徑，共坐張融岸上船。穿葉芙蕖經雨長，弄絲楊柳受風偏。蕭踈最愛蓬蒿滿，莫道雕欄不似前。

一到高齋一眼明，多君位置得閒情。誰題門巷稱通德，自寫經函號净名。文榻正逢溪鳥下，開牕時看嶺雲生。也知陵谷須臾過，塔影何當似舊横。

老樹猶存隔代枝，衡門泌水足棲遲。閒從粟里頻栽秫，恥向桐江再下絲。幽柱一叢看繞砌，芙蓉三面不編籬。曾聞紅豆龍門叟，長把新詩説項斯。

虎阜南頭曲徑迤，幽人偃仰緑陰垂。獨收北海傾巢子，愛誦西臺扣石詩。地許浣花留杜甫，天教學稼老樊遲。只憐烏鵲無歸處，猶對疎星繞一枝。

（見《林蕙堂集》卷十七）

董説（一六二〇—一六八六）

得吴郡問顧云美亦逝

十年諸老盡，塔影賴孤留。至竟文章厄，嗚呼金石休。眉從經亂結，藁定遠親收。兩字浮家篆，無人扁小舟。

（見《寶雲詩集》卷四）

顧景星（一六二二——一六八七）

烈皇帝御書松風二大字，顧苓得之某司香，遂揭于齋中 苓字云美，結廬閶門外，半塘繞屋，引水自隔。四首。

欄榜松風字，崇禎御筆留。龍賓猶拱護，燕雀解啁啾。内使開黄帊，遺民泣白頭。圖書滿天府，零落更誰收。

天藻奎章閣，芸香處士廬。不妨南渡諱，爲是大行書。昌按：韋昭説大行者，不返之辭，音衡。湖海龍蛇地，荆蠻戰鬬餘。匹夫藏聖跡，草莽慟何如。

玉露園陵滿，珠丘蔓草新。南陽無赤伏，北闕喪黄巾。弓劍橋山痛，衣冠漢廟神。千秋渾寂寞，遺墨寶幽人。

奇峰名淑景，御座正當中。五粒皆銀鬣，雙珠倚玉童。分批九霄露，不是庶人風。獨有華陽洞，天書貯幾通。萬歲山淑景峯有石刻御座，二白松覆焉。松風本陶弘景事。

（見《白茅堂集》卷七）

曾燦（一六二二—一六八八）

除夜同顧云美集方盎山草堂

街鼓沈沈夜不喧，故人招我具盤飧。琴書蕭寺同爲客，時予同云美各寓僧舍。星火寒墟竟似村。論字始知搜永壽，永壽二年，即《禮器碑》。徵詩却喜憶開元。酒令徵除夕詩。他年再聚青谿畔，君有佳兒我有孫。

（見《曾青藜詩集》卷六）

徐枋（一六二二—一六九四）

顧氏松風寢記

士君子生當明盛，相忘於太平之福，即城郭變遷，曾不足以經其懷抱。苟不幸而更喪亂，遇革除，即一草一木之微而事關故國，莫不動先生弓劍之思焉，而況於天書宸翰乎？故尺札等於天球，隻字珍於大貝，雖曰詞翰之良，亦時會使然也。吾蓋深有感於顧苓氏之松風寢也。

顧氏世著江東，自典午渡江，家聲軼乎王謝。厥後約六代以迄皇明，代多偉人，若苓之高祖太僕公某，於世宗朝爲諫官，建言廷杖，以直節顯。四傳而至苓，而克大厥緒，益振家聲。當弘光時，以明經廷對，既膺上第，而南都陷，弘光帝遜去，同舉者或言當再觀變以圖去就，苓竟拂衣出，重繭而歸，且行且哭曰：「吾不忍以祖父清白之身事二姓也。」既得抵里，遂隱居虎丘山麓，奉烈皇御書「松風」二字以顔其寢室，名之曰「松風寢」，息偃其中，不交世事，若將終身焉。苓之言曰：「吾寢於斯，食於斯，而出入瞻仰於斯，以無刻不覲吾先皇之耿光也。先師不云乎『歲寒然後知松柏之後凋』，則吾所不違咫尺者，庶幾有以自勉，而終身無忘乎故君可也。徐子盍爲我記之。」徐枋曰：諾。

昔李膺風裁峻整，天下楷模，人目之如謖謖勁松下風，言其非花月穠鮮之所可比也；又虎丘迫近城郭，故自古之隱居者鮮處焉，而何求獨能避世於此，以棲遯終。斯二者固史册之所美談也。苓今將兼而有之乎？非所謂東南之美而隱不違親者耶？枋固願苓之峻節如李膺，而潛德不遜於何求也。若華陽隱居，生平最愛松風，所居庭院多植松，然身爲齊室舊臣，而興言符命，以邀梁祖，其爲松風也愧苓遠矣。而枋更有感也。宋道君以無道亡國，生降沙漠，而奎藻秋風，猶博思陵之一慟。若吾先皇之殉社稷，千古爲烈，而遺墨僅得託於野人楣柱之間。嗟乎，悲夫，此苓之所以昕夕低徊也。

（見《居易堂集》卷八）

汪琬（一六二四—一六九一）

寄贈虎丘顧云美

遥羨風流顧愷之，愛翻新曲覆殘棋。家臨緑水長洲苑，人在青山短簿祠。芳草漸逢歸雁後，落花已過浴蠶時。一春不得陪幽賞，苦恨蹉跎鬢滿絲。

（見《桐橋倚棹録》卷八引，參後王士禛條）

王士禄（一六二六—一六七三）

顧云美爲作八分堂額歌　顧名苓。

斯翁變體古文邈，斟酌其間八分作。中郎以還攻者稀，直數開元顧文學。于今苗裔仍東吴，短簿祠邊舊棲託。我從筆陣推波瀾，遠繩乃祖眞無作。爲言向來大有人，躡漢追唐歸宋郭。妙蹟鄙人惜少見，餘子紛紛資力薄。乞君迴筆書堂顔，鵠跱龍拏腕中落。君也早年隸國子，文章幾貴金陵紙。石頭城畔來高軒，思公門下稱奇士。當年海内無干戈，留都文物尤峨峨。不獨槐市盛絃誦，兼復桃葉繁笙歌。入看祭酒解散髻，出醉美人金叵羅。雅負辨眼工小字，詩成自寫無偏頗。爾時負販重風雅，人傳片楮兼金多。仙人昨過蔡經宅，清淺茫茫不堪索。蟲刻居然非壯夫，蕭條誰問韓陵石。儒衣僧帽顧阿瑛，老向江湖作逋客。醉書自署頭陀苓，擲筆時時念今昔。此書珍重感君深，歸當高揭南榮陰。卧看渴驥奔泉勢，如見冥鴻避弋心。

（見王士禎《感舊集》卷四）

嚴熊（一六二六—一六九一）

虎丘僧舍走筆爲顧云美乞炭

隆冬空山住，雨雪打松竹。二時飯蔬腐，連宵却酒肉。夙具枯禪性，肝膈遠塵俗。喜結清净緣，私慶多生福。衲僧三五輩，微言少寒燠。行囊數本書，聊可資吟讀。佛香琉璃燈，伴侶自親睦。如此送居諸，何愁四方蹙。惟餘一事慳，不能遂所欲。虛堂寒氣深，佐煖少烏玉。布衾已多年，嬌兒裂裏幅。羊裘我家事，看看毛漸禿。晨興指常拳，夜臥脚半縮。騰騰煨榾柮，煙焰空眯目。對竈擬燎衣，未免客見惡。遥想素心人，紙窻闢竹屋。琴書牙賓主，猿鶴當童僕。或謂陳留蔡，或謂濟南伏。云美無子，與女隱居，故以二公爲喻。幅巾抱膝間，獸爐應燿煜。公如念我寒，樂樂必笑獨。惟公不我吝，趙璧求效陸。約略三日需，后此不敢瀆。倘然明日晴，又向城中宿。筠筐分數片，此願亦易足。呼童置風爐，鵠望佳音速。逆知堪遂願，寒氣先埽逐。鮮葩發枯條，陽和轉幽谷。几案方乍抹，盃壺止新浴。灼灼火全紅，颼颼湯已熟。公能著屐來，話盡三條燭。

（見《嚴白雲詩集》卷一《雪鴻集》上）

靈岩遲王雙白顧云美不至

一宿名山約，愁霖奈未成。琴臺誰與和，響屧只孤行。渺渺波中素，嚶嚶葉底鶯。搖頭吟短句，幽咽伴泉聲。

（見《嚴白雲詩集》卷三《雪鴻集》下）

顧云美歸葺塔影園次韻四首

秋風搰蹇憶家園，竹樹雖荒徑儼然。三載風塵拋客夢，一囊書籍枕歸船。青青迎我山如笑，寂寂還他地自偏。塔影多情仍倒掛，載來休道不如前。

避跡還家計自明，傍人誰識个中情。塞翁失馬寧非福，北叟移山豈近名。新薙瓦松看漸少，重編籬槿喜叢生。紙窻竹户粗成局，掃地先容木榻横。

敢況鷦鷯寄一枝，草堂歸葺未云遲。青山時可攜遊屐，碧沼何妨理釣絲。春去殘花飄净几，客來雙鶴唳疏籬。著書覓句吾生事，偃息朝斯復夕斯。

亭臺未圮省當時，禿髮同悲鏡裏垂。地老天荒容我醉，山殘水剩賴君詩。風窺北牖偏嫌猛，月上東簷劇恨遲。今日園中談舊事，斷腸無復掛猿枝。

（見《嚴白雲詩集》卷六）

葉亦苞（一六二九—一六八六）

木蘭花慢·題顧云美塔影園，園在虎丘之南

辟疆尋舊業，記塔影、之池塘。想百尺樓頭，元龍豪氣，搔首茫茫。興亡。事空滿眼，

剩虎丘、片石恣倘佯。詩句向傳輞口，畫圖直似柴桑。燕然誰勒大文章。分隸費精詳。但日月消磨，雕蟲篆刻，愁滿三倉。老矣，一丘一壑，任柴門、不正閉斜陽。知我頹然自放，每來留語匡床。

（見《經鋤堂詩餘》二之四）

屈大均（一六三〇——一六九六）

顧云美六十

寂寞松風寢，先皇御翰留。君齋懸御書松風二字。心飛天壽月，淚盡海棠秋。皇崩海棠樹下。故國誰高卧，斯人更遠遊。亂離過六十，知己在滄州。

汝壻忠臣子，大學士瞿公式耜子，初生時，兩宫賜犀帶，三歲即授錦衣衛僉書。初生端水時。兩宫犀帶賜，三歲羽林兒。喪亂孤誰託，艱貞爾獨知。遺民今日少，珍重鬢如絲。

（見《翁山詩外》卷六）

王士禎（一六三四—一七一一）

寄贈吴門故人

遥羨風流顧愷之，愛翻新曲覆殘棋。家臨緑水長洲苑，人在青山短簿祠。芳草漸逢歸燕後，落花已過浴蠶時。一春不得陪游賞，苦恨蹉跎滿鬢絲。

（見《國朝詩别裁集》卷四）

萬曰吉（生卒未詳）

塔影園

半壁依青嶂，千峰落翠微。草堂冰雪路，山鬼薜蘿衣。斷塔仍栖鴿，荒岡亦采薇。中原方格鬭，坐卧掩柴扉。

（見《明詩綜》卷七十五）

參考書目

（漢）桓譚撰，朱謙之校輯：《新輯本桓譚新論》，中華書局，二〇〇九年。
（宋）司馬光撰，（元）胡三省音注：《資治通鑒》，中華書局，一九五六年。
（宋）祝穆撰，（宋）祝洙增訂：《方輿勝覽》，中華書局，二〇〇三年。
（明）程嘉燧撰：《耦耕堂集》，清順治刻本。
（明）董説撰：《寶雲詩集》，清康熙二十八年董樵董耒刻本，《清代詩文集彙編》，上海古籍出版社，二〇一一年。
（明）方文撰：《嵞山・再續集》，清康熙二十八年王槩刻本。
（明）顧苓撰：《塔影園集》，華東師範大學出版社，二〇一四年。
（明）顧苓撰：《顧云美卜居集手跡》，中華書局上海編輯所，一九五八年。
（明）顧苓撰：《千里集》，上海圖書館藏抄本。

（明）顧苓撰：《斜陽集》，國家圖書館藏抄本。
（明）顧苓撰：《塔影園集》，上海圖書館藏抄本。
（明）歸莊撰：《歸莊集》，中華書局上海編輯所，一九六二年。
（明）姜埰撰：《敬亭集》，華東師範大學出版社，二〇一一年。
（明）姜垓撰：《流覽堂集》，宣统三年石印本。
（明）姜垓撰：《流覽堂補遺》不分卷，民國二十年王郇序刊本。
（明）黎遂球撰：《蓮鬚閣集》，清康熙黎延祖刻本。
（明）錢穀輯：《吴都文粹續集》，《景印文淵閣四庫全書》本。
（明）阮大鋮撰：《詠懷堂詩集》，（臺北）中華書局，二〇一九年。
（明）譚元春撰，陳杏珍標校：《譚元春集》，上海古籍出版社，一九九八年。
（明）談遷撰，張宗祥點校：《國榷》，中華書局，一九五六年。
（明）萬壽祺撰：《隰西草堂詩文集》，民國八年鉛印明季三孝廉集本。
（明）王餘佑撰：《五公山人集》，華東師範大學出版社，二〇一一年。
（明）徐枋撰，黄曙輝、印曉峰點校：《居易堂集》，華東師範大學出版社，二〇〇九年。

（明）嚴熊撰：《嚴白雲詩集》，清乾隆十九年嚴有禧刻本。
（明）鍾惺撰：《隱秀軒集》，明天啟二年沈春澤刻本。
（明）卓爾堪輯，蕭和陶點校：《遺民詩》，華東師範大學出版社，二〇一三年。
（清）曹溶撰：《静惕堂詩集》，清雍正刻本。
（清）陳田輯：《明詩紀事》，上海古籍出版社，一九九三年。
（清）陳濟生輯：《天啟崇禎兩朝遺詩》，中華書局，一九五八年。
（清）陳鼎撰：《東林列傳》，《景印文淵閣四庫全書》本。
（清）陳去病撰：《五石脂》，江蘇古籍出版社，一九九九年。
（清）程穆衡原箋，楊學沆補注：《吴梅村詩集箋注》，上海古籍出版社，一九八三年。
（清）程琦撰：《萱暉堂書畫録》，香港萱暉堂有限公司，一九七二年。
（清）曾燦撰：《曾青藜詩集》，收入《清代詩文集珍本叢刊》。
（清）鄧漢儀撰：《慎墨堂詩拾》，《四庫禁燬書叢刊補編》本。
（清）鄧漢儀撰，陸林、王卓華輯：《慎墨堂詩話》，中華書局，二〇一七年。
（清）杜濬撰：《變雅堂遺集》，清光緒二十年黄岡沈氏刻本。

（清）馮煦輯：《徐州二遺民集》，（臺北）文海出版社，一九六七年。
（清）馮承輝撰，于良子點校：《歷朝印識》，浙江人民美術出版社，二〇一九年。
（清）顧景星撰：《白茅堂集》，清康熙刻本。
（清）顧禄撰：《桐橋倚棹録》，中華書局，二〇〇八年。
（清）顧祖禹撰：《讀史方輿紀要》，中華書局上海編輯所，一九五五年。
（清）胡文學、李鄴嗣輯：《甬上耆舊詩》，《歷代地方詩文總集彙編》本。
（清）郝懿行撰，安作璋主編：《郝懿行集》，齊魯書社，二〇一〇年。
（清）郝懿行撰：《證俗文》，齊魯書社，二〇一〇年。
（清）郟掄逵撰：《虞山畫志》，上海書店出版社，一九九四年。
（清）計六奇撰，任道斌、魏得良點校：《明季南略》，中華書局，一九八四年。
（清）劉尚友撰：《定思小記》，《明季史料叢書》本。
（清）李道平撰：《周易集解纂疏》，中華書局，一九九四年。
（清）李桓輯：《國朝耆獻類徵》（初編），廣陵書社，二〇〇七年。
（清）李慈銘撰：《越縵堂讀書記》，中華書局，二〇〇六年。

（清）邁柱監修、夏力恕編纂：《湖廣通志》，《景印文淵閣四庫全書》本。
（清）彭紹昇撰：《居士傳校注》，中華書局，二〇一四年。
（清）屈大均撰：《翁山詩外》，清康熙刻凌鳳翔補刻本。
（清）錢謙益撰，錢曾箋注、錢仲聯標校：《牧齋初學集》，上海古籍出版社，二〇〇九年。
（清）錢謙益撰，錢曾箋注、錢仲聯標校：《牧齋有學集》，上海古籍出版社，一九九六年。
（清）錢謙益撰，錢曾箋注、錢仲聯標校：《牧齋雜撰》，上海古籍出版社二〇〇七年。
（清）錢謙益輯，許逸民、林淑敏點校：《列朝詩集》，中華書局，二〇〇七年。
（清）錢儀吉輯，靳斯校點：《碑傳集》，中華書局，一九九三年。
（清）錢澄之撰：《田間詩文集》，清康熙刻本。
（清）錢泳撰，張偉點校：《履園叢話》，中華書局，一九七九年。
（清）錢龍惕撰：《大究集》，民國八年鉛印本。
（清）阮元撰：《兩浙輶軒録》，清嘉慶刻本。
（清）阮元校刻：《十三經注疏》，中華書局，二〇〇九年。
（清）釋讀徹撰：《蒼雪和尚南來堂詩集》，影印民國三年刻《雲南叢書》本。

（清）沈德潛、周準輯：《明詩別裁集》，上海古籍出版社，二〇一三年。
（清）施閏章撰：《學餘堂詩文集》，《景印文淵閣四庫全書》本。
（清）施閏章撰，何慶善、楊應芹點校：《施愚山集》，黄山書社，一九九三年
（清）孫岳頒等撰：《御定佩文齋書畫譜》，《景印文淵閣四庫全書》本。
（清）宋琬撰：《安雅堂未刻稿》，齊魯書社，二〇〇三年。
（清）沈季友輯：《檇李詩繫》，《景印文淵閣四庫全書》本。
（清）沈德潛輯：《國朝詩別裁集》，清乾隆二十五年教忠堂刻本。
（清）吴綺撰：《林蕙堂集》，《景印文淵閣四庫全書》本。
（清）王士禄撰，王士禛選編：《考功集選評註》，齊魯書社，二〇一四年。
（清）王士禛輯：《感舊集》，清乾隆十七年刻本。
（清）王士禛撰：《居易録》，《景印文淵閣四庫全書》本。
（清）王時敏撰：《王奉常書畫題跋》，清宣統二年刻本。
（清）王昶輯：《金石萃編》，中國書店，一九八五年。
（清）王樹人輯：《松陵人物彙編》，《江蘇人物傳記叢刊》本。

（清）吴偉業撰：《梅村集》，《景印文淵閣四庫全書》本。
（清）吴偉業撰：《梅村家藏稿》，《四部叢刊》本，上海書店，一九八九年。
（清）吴修輯：《昭代名人尺牘》，中華工商聯合出版社，二〇一四年。
（清）徐波撰，嚴志雄輯編、謝正光箋釋：《落木菴詩集輯箋》，上海古籍出版社，二〇一〇年。
（清）徐波撰：《浪齋新舊詩》，明天啟五年刻本。
（清）徐波撰：《天池落木庵存詩》，清康熙刻本。
（清）徐鼒撰：《小腆紀傳》，中華書局，一九五八年。
（清）徐鼒撰：《小腆紀年附考》，中華書局，一九五七年。
（清）徐崧、張大純輯，薛正興校點：《百城煙水》，江蘇古籍出版社，一九九九年。
（清）岳濬監修、杜詔編纂：《山東通志》，《景印文淵閣四庫全書》本。
（清）葉昌熾撰：《藏書紀事詩》（附補正），倫明撰：《辛亥以來藏書紀事詩》（附校補）合刊本，上海古籍出版社，一九九九年。
（清）葉奕苞撰：《經鋤堂詩餘》，清康熙刻本。

（清）葉爲銘撰，于良子點校：《廣印人傳》，浙江人民美術出版社，二〇一九年
（清）楊鍾羲撰，雷恩海、姜朝暉校點：《雪橋詩話全集》，北京人民文學出版社，二〇一一年。
（清）永瑢等撰：《四庫全書總目》，中華書局，一九六五年。
（清）震鈞輯：《國朝書人輯略》，清光緒三十四年刻本。
（清）朱鶴齡撰：《愚菴小集》，《景印文淵閣四庫全書》本。
（清）朱彝尊撰，姚祖恩輯、黄君坦校點：《静志居詩話》，人民文學出版社，一九九〇年。
（清）朱彝尊輯：《明詩綜》，中華書局，二〇〇七年。
（清）張廷玉等撰：《明史》，中華書局，一九七四年。
（清）張鳴珂撰：《寒松閣談藝瑣録》，鳳凰出版社，二〇一〇年。
（清）周亮工、汪啟淑撰，印曉峰點校：《賴古堂印人傳·飛鴻堂印人傳》，華東師範大學，二〇〇九年。
（清）趙爾巽等撰：《清史稿》，中華書局，一九七七年。
（清）趙蘭佩撰：《江震人物備考》，《江蘇人物傳記叢刊》本。

（清）逸名撰：《江震人物志初稿》不分卷，《江蘇人物傳記叢刊》本。
（民國）羅振玉撰：《萬年少（壽祺）先生年譜》，（臺北）文海出版社。一九七一。
（民國）羅振玉輯：《徐俟齋先生年譜》，收入《居易堂集》。
（民國）張其淦撰，（民國）祁正注：《明代千遺民詩詠》，東莞張氏鉛印本，一九二九年。
趙琪輯：《東萊趙氏楹書叢刊》，收入《清代家集叢刊》。
顧工主編：《明末清初藝術史研究文集》，湖南美術出版社，二〇一三年。
蔣鏡寰撰：《吴中藏書先哲考略》，收入《江蘇人物傳記叢刊》。
江慶柏主編：《江蘇人物傳記叢刊》，廣陵書社，二〇一一年。
柯愈春輯：《清人詩文集總目提要》，北京古籍出版社，二〇〇二年。
李修生主編：《全元文》，鳳凰出版社，一九九八年。
馬宗霍輯：《書林藻鑑·書林記事》，文物出版社，一九八四年。
歐初、王貴忱主編《屈大均全集》，人民文學出版社，一九九六年。
瞿果行撰：《瞿式耜年譜》，齊魯書社，一九八七年。
錢仲聯主編：《清詩紀事》，鳳凰出版社，二〇〇四年。

鄔慶時撰：《屈大均年譜》，廣東人民出版社，二〇〇六年。
王培孫校輯：《南來堂詩集》，新文豐出版股份有限公司，一九八三年。
王冀民撰：《顧亭林詩箋釋》，中華書局，一九九八年。
謝正光輯：《明遺民傳記索引》，上海古籍出版社，一九九二年。
謝正光、范金民編：《明遺民録彙輯》，南京大學出版社，一九九五年。
謝國楨輯：《增訂晚明史籍考》，上海古籍出版社，一九八一年。
徐雁平、張劍主編：《清代家集叢刊》，國家圖書館出版社，二〇一五年。
汪宗衍撰：《屈大均年譜》，收入《屈大均全集》，人民文學出版社，一九九六年。
楊抱樸撰：《劉熙載年譜》，遼海出版社，二〇一〇年。
周駿富輯：《清代傳記叢刊索引》，（臺灣）明文書局，一九八六年。

方志

（清）陳和志輯：《（康熙）常熟縣志》，康熙丁卯刊本。
（清）李光祚修、顧詒禄等纂：《（乾隆）長洲縣志》，清乾隆十八年刻本。

（清）高士鸃修、錢陸燦纂：《（康熙）常熟縣志》，清康熙二十六年刻本。
（清）許治修、沈德潛纂：《（乾隆）元和縣志》，清乾隆二十六年刻本。
（清）尹繼善修、黄之雋纂：《（乾隆）江南通志》，清乾隆刻本。
（清）王昶纂修：《（嘉慶）直隸太倉州志》，清嘉慶七年刻本。
（清）宋如林修、石韞玉纂：《（道光）蘇州府志》，清道光四年刻本。
（清）李銘皖修、馮桂芬纂：《（同治）蘇州府志》，清光緒九年刊本。
（清）吕燕昭修、姚鼐纂：《中國地方志集成·江蘇府縣志輯七》，江蘇古籍出版社，一九九一年。

圖書在版編目(CIP)數據

顧苓詩集箋證 / (明) 顧苓撰;胡正寧箋證. 一上海:上海古籍出版社, 2022. 11
(明清之際文史研究叢刊)
ISBN 978-7-5732-0518-6

Ⅰ. ①顧… Ⅱ. ①顧… ②胡… Ⅲ. ①古典詩歌一詩集一中國一明代 Ⅳ. ①I222. 748

中國版本圖書館 CIP 數據核字(2022)第 213064 號

顧苓詩集箋證
[明]顧 苓 撰
胡正寧 箋證
上海古籍出版社出版發行
(上海市閔行區號景路 159 弄 1-5 號 A 座 5F 郵政編碼 201101)
(1) 網址: www. guji. com. cn
(2) E-mail: guji1@guji. com. cn
(3) 易文網網址: www. ewen. co
上海惠敦印务科技有限公司印刷
開本 880×1168 1/32 印張 8. 25 插頁 5 字數 137,000
2022 年 11 月第 1 版 2022 年 11 月第 1 次印刷
印數: 1—1,300
ISBN 978-7-5732-0518-6
I·3681 定價: 42. 00 元